THE FOWER QUARTERS

A Collection of Short Stories

in

Scots and English

by Sheena Blackhall

GKB BOOKS
In assocation with the Elphinstone Institute

First published 2002 by GKB Books, GKB Enterprises
4 Bellfield Terrace, Edinburgh EH15 2BJ.

ISBN 0 9526554 6 2

© Sheena Blackhall 2002

Printed by SK Printing
Midtown of Barras, Stonehaven AB39 2UD

British Library Cataloguing in Publication data
A catalogue record for this book is available from the British Library.

£6.00

CONTENTS

		Page
Introduction		vi
I	Candlemass	1
	Purity	3
	A Gey Dour Bitch	10
	Disraeli for Me	19
	In the Bag	24
II	Whitsun	31
	A Very Special Child	33
	The Warlock's Curse	42
	Millennium Moggies Inc.	52
	Nothing Personal	56
III	Lammas	63
	The Smiling Horse of Troy	65
	Prune Stones	74
	A Very Dysfunctional Family	84
	Blessed wi the Gift	90
IV	Martinmass	99
	Veesitors	101
	Three Little Words	109
	Ceevic Duty	120
	Missing the Bus	124

INTRODUCTION

The fictional stories in this volume are grouped loosely around the old Scottish quarter days, representing the fourfold vision of the year and marking the transition from one season to the next. The quarter days were also the dates when rents were paid and when farm workers were hired for a term or discharged. Their origins lie far back in pre-Christian times.

Candlemas Day (February 2) became the Feast of the Purification of the Virgins under Pope Sergius I (687 - 701 CE) and on that day the candles for the subsequent year were solemnly consecrated. In Classical times women bore lighted candles through the streets in commemoration of Ceres searching Hades for her daughter Persephone. In Celtic mythology, the beginning of February marked the spring festival of St Bride, patron saint of poetry, blacksmiths, healing and the hearth. One legend recounts how Bride was imprisoned throughout winter in Ben Nevis until her rescue by Aengus of the Milk-White Steed. Another describes winter as an old Cailleach who returned to die on the Island of Youth, being reborn as the virgin Bride, at whose touch the dun grass is revived and the white flowers of early spring appear. At Candlemas too, the adder was said to terminate its hibernation and to slough its old skin, thereby symbolising the annual renewal of nature.

Whitsun (May 8) links the Christian Pentecost to the pagan feast of Beltane and marks the beginning of summer, when the *sidhe* (fairy folk) were abroad in the countryside. Houses were decorated with rowan branches and people made their visits to clootie wells. The Beltane bannock and other offerings were made to propitiate the destructive forces of nature and to guard against predation by wild beasts, with the incantation: *This I give to thee, O Fox; preserve my lambs. This I give to thee, O Hoodie Craw.* Symbolised by the swan, Whitsun (May Day) marked the time when young lovers plighted their troth and looked forward to the fruitful marriage, just as their elders hoped for an abundant harvest of fruit and grain.

Lammas (in Old English, *loaf-mass*) saw harvest and the giving of the first fruits in thankfulness to the deity, whether Christian or Pagan. In Celtic mythology the harvest festival is dedicated to the God Lugh, in whose honour great horse-racing gatherings (and later the annual fairs) were held. It was a time of omens, as people looked forward with apprehension to the declining year:

> Flee ower frith, an flee ower fell;
> Flee ower puil and rinnin well;
> Flee ower muir, an flee ower mead;
> Flee ower leevin, flee ower deid;
> Flee ower corn, an flee ower leas;
> Flee ower river, flee ower sea;
> Flee ye tae east, an flee ye tae west;
> Flee ye tae her that ye lue the best.

Martinmas Day (November 11) marked the start of winter. The feast of St Martin in the Christian calendar, it paralleled the Celtic festival of Samhuinn, a time of remembrance for the dead:

> *This nicht is Halla-een, the morn is Halla-day*
> *Nine free nichts till Martinmas, an sune they'll wear away.* (Trad.)

PURITY

Purity : the state of being pure; cleanness; freedom from pollution; moral cleanliness; innocence; chastity. *Pure*: free from defilement; guiltless; unsullied; having a single sound or a single tone. A four letter word, like the four sides of a house – a special house, a white house of calm and cool simplicity, a house you would treat with respect; a house where you might even remove your shoes before you entered. *Purity*: the girl could almost taste that word. It was like a sip of water cupped from a mountain stream. Pure as a dove, pure as the first snow of winter; pure as . . .

"I do wish you'd find another crowd to run with," Jennifer Ainsley's mother warned her. "They're all dead-enders. You've nothing in common with them whatsoever. They're going nowhere. They never open a book. Rotten apples, every one of 'em. Hang around with them much longer and *you'll* be damaged goods too, young lady, mark my words!"

The dreadful thing was that it was true. Her current friends were wild, were daft, were daring. Her crowd did stupid, thoughtless things. The danger was exciting. Books weren't part of their lives. They didn't need to read books. They were like a breath of fresh air – laughing, rebellious, unpredictable. They were everything that Jennifer wasn't. They all had small-time jobs, made easy money and spent it quickly. They were good for a laugh, a drink, a smoke. They made her feel alive, excited, mixed up, shocked and happy all at the same time. It was like being among fireworks. You knew you shouldn't get so close, but when they went off, they lit up everything and everyone for miles around.

The girls in her class at school were children by comparison. Heavens above, some of them still wore short socks. They were serious, careful, thoughtful. They were like a closed room in a musty house, their lives on hold till they'd passed their exams, gone on to university and served their apprenticeship as children. *They* didn't live for the now, for the buzz or the quick thrill. No one in Jennifer's class had a boyfriend, no one except herself. It was exciting to have a boyfriend. Exciting to go out with friends with cars and money from jobs in cafés or garages. Like hanging on the tail-coats of a whirlwind, you never knew what was going to happen next. It really was like that, at first. But to fly with the crows you had to peck like them too. You either were for them or against them, no middle way. And if you played with the big boys . . .

Just after her fifteenth birthday, Jennifer had sex for the very first time – outside wedlock naturally, and not for the legitimate purposes of procreation, but to secure the affections of her current boyfriend, Danny. He'd assured her that everyone had sex, that it would demonstrate she loved him if she let him do it, that it would prove she didn't if she refused. And if she refused, it would also prove she was frigid, twisted and probably queer; and no one would blame him for dumping her and finding a girl who was loving and warm and normal.

How terrible it would be if he did dump her. How awful if everyone else in the world had experienced sex and she hadn't. What if there was a war, and she died not knowing what sex was really like? You read about that, you read about it all the time. How ghastly if everybody really did think she was queer and frigid and a freak. At the same time she was terrified of being caught doing it, of falling pregnant, of catching something nasty. "The bad trouble," her mother called it. Boys, apparently, carried it wherever they kept their sperm. She had not thought much about sperm, had assumed it looked like a kind of white pollen – procreational dandruff maybe. She'd never seen a man naked, though she had often watched her father shaving in his vest, with his braces hanging down behind his shoulders as he scraped the soapy stubble from his jaw.

Her mother had started once to tell her about babies, soon after her periods came, but the talk had left her more confused than ever. For several weeks she had been frightened to sit beside any boy in her class in case he brushed against her and in doing so pollinated her. At secondary school they drew diagrams of the insides of copulating rabbits, with neatly ruled arrows pointing from words like *penis* and *vaginal wall*. At home, her mother muttered darkly about *whores* and *sluts* and *loose women*. This last phrase intrigued Jennifer Ainsley greatly. In what way exactly were those women loose? Her mother spat the phrase out like a nippy sweet, so Jennifer didn't dare ask her to elaborate. She'd heard boys talking at the Saturday night dances about women, too. She would hear comments like, "She was nice and tight," as if it were a huge compliment. That type of remark was always followed by a sigh of fond recall, the sort of sound a small, hot toddler makes after its first lick of ice cream.

Danny, however, knew everything there was to know about sex. "You can't get pregnant if you do it standing up," he informed her, "but you won't anyway, because I always carry a johnny." He made it sound like his favourite Teddy bear, a lucky little talisman. "A johnny a day keeps the babies away," he'd laugh. Then her friend Babs warned that Danny had been sniffing round Nancy Jones, a new girl in their teenage circle, a cinema usherette.

"You can't blame him, you know," Babs said. "He's a boy, after all. Their brains are in their pants. He won't wait for ever. What's the big deal about being a virgin anyway? It's only a word. It doesn't mean anything. Unless, of course, you want to be different, be the odd one out? Maybe you think you're better than us. Maybe that's what's holding you back – we go out to work but you're still at school. Still a mummy's girl?"

So, the next Saturday night, she'd done it. She'd actually let him. "You do love me, Danny?" was all she asked, just as you'd ask a visiting tradesman for his card before letting him through the door.

"Yeah, you know I do. Course I do." But he hadn't and he didn't and he wouldn't. It had been a sordid, painful, dirty, back-of-the-van job between a half-drunk teenage boy and a terrified girl sobbing throughout and begging him to stop, as if you could stop a runaway truck once you'd released the brakes. She'd expected it all to be wonderful: sweet words and soft music, Hollywood pap. She'd fantasised about how wonderful it would be, how much Danny would love her now for letting him do this thing.

"Shut up, you silly bitch," he'd said, between thrusts. "Stupid bloody whore. You want folk to know what you're up to? That it? D'you kick up a fuss like this with every guy you sleep with?"

When he'd finished, he took a half-bottle of cheap whisky out of his leather jacket pocket, swigged from it, stuffed it back where it came from and lit a fag. The small flame lit up the inside of the van. On the floor there lay a tin of grease, some oily rags and a crumpled up paper with two squashed chips. The van's inside stank of booze, grease, and sweat. Grey swirls of smoke began to fill it from the boy's cigarette. The windscreen was foggy with condensation.

"For God's sake, stop that whining. I'm going back into the dance. You please yourself. I paid for the ticket and I'm bloody well going to get my money's worth."

It wasn't meant to be like that. She'd thought that Danny would know he was the first, that he'd know that she wouldn't have let him unless she'd loved him, really and truly. Forever and ever. Later, she'd met up with Babs behind the chippie. The two girls leaned against the wall beside the railway, looking down at the thin black shadows of the weeds, swaying below them down on the line. "I'm like you now, Babs," she said. 'Danny and me, we just . . . you know."

Jennifer's face was streaked with tears and grease from the dirty rag she'd used to dry her eyes with. For once, Babs's hard little face softened. The powder-blue eye-shadow sparkling with cheap glitter settled into an expression that was almost motherly. She pulled a cigarette from her packet, took it between her lips, lit it, and passed it to Jennifer. The butt was pink with lipstick, but was accepted.

"Aye, well, I never said it was perfect first time. Takes practice. Here, grab a tissue and wipe that muck off your cheek. You don't want the guys to think you're a cry-baby. Guys hate that. Here's some dosh. Go and stick a record on the juke box. The Stones, maybe, or . . . you choose."

The next week, Danny dumped her. "So what?" said Babs comfortingly. "Plenty more fish in the sea."

Oh, that great, infinite, sexual sea. Maybe there were fish aplenty there, but Jennifer didn't want them. She wanted something she couldn't have. The johnny had burst inside her. Sperm, she discovered, wasn't like pollen, it was more like phlegm. To think that all new life swam in that stuff, phlegm streaked with blood and sweat and salt, like a collier's spit! To think that the act of love could make a human being feel so worthless, so defiled. That was a biblical word, *defiled*. She knew lots of those, had grown up with them. Her Mother's church was resonant with them. Guilt and suffering and hate; sin, sanctity and salvation – oh, she'd been a good learner, an attentive listener. Not till now, though, did she know the full force of what the word "purity" meant, not till she'd given it up. Because she wasn't pure now, and she'd never be pure again. Never, never, never, never, never! She wasn't pure now, because now she was defiled, spoiled, stained, corrupted, polluted, desecrated and foul. An abomination to behold, since he had held her, since she had let him hold her.

Next day she looked hard at herself in the mirror. Odd. She still looked the same girl, though she wasn't; she wasn't; she wasn't. For three weeks Jennifer hardly slept at all. When everyone went to bed, she sat at her window and looked at the stars as the tears slid down her face like rain off a window and shadows looked over the fence of her conscience, whispering all the while that she was a sinner, and worse, a sinner beyond redemption. Losing Danny had not been the awful thing she'd thought it would be. It was the guilt and the shame of what she'd done that was the terrible thing. What if she was pregnant? How could she bear it? What would she do? Where could she go? Who could she tell? No-one. And certainly not her mother, who would call her a slut and a fool. Not the doctor, because she was only fifteen and the doctor would tell her mother, and her mother would tell her father and he'd show her the door.

It would be all right, Babs had said. The blood would come as usual and her body would tell her she'd got off this time; that she hadn't been caught out; wouldn't have to face the music. "If you're all that worried," Babs told her, "buy a bottle of gin with your pocket money, and lie in a bath as hot as you can bear."

One night, her parents were out and not due back till late. She'd drunk the gin, though it tasted like perfume. She'd swallowed it neat, great gulps taken in fear and desperation, dropping the screw cap into the bath as the room began to swim around her and as the urge to vomit rose in her throat. The bath water ran so hot that her flesh reddened like a boiled lobster. For once, the old wives' tale worked, in a shuddering spasm of blood and mucus. Like a train that had been shunted into a siding, Jennifer's life could now get back on the tracks. "See you Saturday?" voices sang down the phone, but Jennifer was non-committal. For a while, several of her old friends still rang her, then gradually drifted into silence. She'd broken free of the circle and was drifting aimlessly, half seeking another crowd to join. Maybe there wasn't one. Maybe there'd never be one. Maybe she had to get used to that, to being a loner, being alone, behind the closed door.

Outwardly, she was clean again. She'd scrubbed herself like a doorstep after that night, till she was as spotless as a mortuary slab. But something inside was far from right. That same dark, festering shadow limped always through her mind, discolouring every thought. And always there was that feeling of utter desolation, of utter worthlessness. Her heart seemed like a dead fire that her breathing couldn't begin to stir, her lungs like a defective bellows pumping air to no purpose. The world had cures for everything. Mechanics sorted cars, electricians mended fuses. But did anyone mend selves when they were damaged?

When life upset Mrs Ainsley, she turned automatically to her faith but Jennifer hadn't yet found a faith of her own, so she began searching randomly through book after book of religious ideas. Two months into the exploration she discovered *Yoga for All*. There was a section devoted to the practice of purity – ritual purification. *Mens sana in corpore sano*, said the chapter heading. Water, it seemed, could baptise and renew, as well as satisfy thirst or put out a fire. Blake had written of "cleansing the doors of perception." For Jennifer, though, the gateway into the body that had been sullied was not the eye, nor the ear, nor the mouth, nor even the nostril. She could not mend the particular gate that had been breached, but she could tidy up the damage done by the intruder.

  The book was very specific and went into careful detail on the practices. Ritual purification, as performed by the Indian yogis, was undertaken squatting in the great warm waters of the holy River Ganges. Many thousands of miles lay between the Ainsley's little flat and the holy River Ganges, but the principle behind the practice still seemed sound enough to the young girl. In the practice of Basti, so the book told her, in Hatha Yoga, a yogi might draw water into the colon, squatting navel-high in clean warm water, by controlling the muscles of the anus. So, too, the bladder could be purified by drawing tepid water into the body, using the muscles of the urethra. So also might the womb be cleansed at will by the element of water, pure and simple.

  It was inside that Jennifer felt dirty. Outside, she had scrubbed her skin till it was sore. The Yoga would be a token practice, a symbol. She knew that. She would never be truly pure again, but sometimes rituals made sense of things when words couldn't. People do what they do to survive, to move on, to heal themselves. She folded her clothes very neatly and set them down on the chair. She dog-eared the relevant page, and followed the written instructions to the letter.

Turning the tap, she heard the rush of water as she might have listened to a mountain waterfall in a green valley. It rose around her like a foetal broth, the water that she would draw into herself to heal and cleanse. The rising steam condensed on the mirror, obscuring her face. That was good, that was kind. When she wiped the steam away, she would be herself again and the past would perhaps be wiped clean. Every impurity within would be washed away and the face behind the steam would emerge like a new dawning.

A fortnight after the rite of purification, the doctor was called to the Ainsley house. Jennifer was bedridden with joint pains, headache, nausea and vomiting. Her skin was a dull yellow, as if she had been to hell and back on the Burma Railway. "It's quite rare to see this disease hereabouts," he'd said. "Commoner abroad. I'm afraid your daughter seems to have picked up Hepatitis A – jaundice in common parlance, Mrs Ainsley, jaundice."

When he'd left, her mother came into her room, and observed her closely for a moment. The sick room stank of vomit and worse, though the window was wide open to let the fresh air in. "Well it's going to be quite unpleasant for all of us," she said, "till you're better. And I can't think where on earth you'd have picked up something like that. I told him he couldn't be right, that you couldn't have caught a dirty foreign disease here. I've always kept this house immaculate. I take such a pride in it. It's so spotless you could eat your dinner off the floor. Clean as a whistle. And I know you keep yourself just as clean too, dear. Why, you're forever washing yourself these days. Do you know what the doctor said? He said it's quite often associated with filth, dear. With pure unadulterated filth. Now, what do you make of that?"

A GEY DOUR BITCH

The stert o aa ma warssles wi the warld was fan we gaed tae North Gellan in the pairish o Coull, I wad hae bin five year auld. Ma grannie, Lizzie, winted tae veesit her cousin Peter Middleton, the fairmer o the placie. We sat aff ae Sabbath efterneen at the back eyn o October fin the birks at the roadsides war a hingin haar o yalla. Restless birdies flichtered frae the trees in black bourachies like swairms o bees ettlin tae flee the cauld and the shortenin days o a nor-east winter, an the derk clouds scudded ben the lift like flocks o driven yowes.

As we cam roon by the Loch o Abyne, far the wids war dreepin dreich an sterk an chitterin, faither cam oot wi a twa-three lines o poetry:

> *It's dowie in the hint o hairst, at the way-gyang o the swalla*
> *Fin the wind growes cauld, an the burn grows bauld*
> *An the woods are hingin yalla.*

Fyles he fussled; fyles he recited verses; fyles he telt stories o oor forebears an the like, fur he'd a braw notion o history, hid ma faither, tho the antrin leaf frae his buik o local lear wis a thocht agley. Twis years later that I fun oot that Rob Roy's cave in the Burn o Vat, wis nae ava the hidey-hole o yon great Heilan cateran bit wis the howf o anither MacGregor aathegither, a chiel caad Gilderoy, fa wis as nesty an bluidthirsty as Rob Roy hissel iver wis. Gilderoy herriet Cromar at his will frae the weet, dreepin waas o yon cave an on ae day o feastin thereaboots, fin a local fairmer wis waddit tae his sweethairt, he rade oot wis his rag-tag o reivers tae spulzie the hale place.

> *Culblean wis brunt, Cromar wis herriet;*
> *Oh, dowie's the day John Tam wis merriet!*

They catched Gilderoy at the hinnereyn an raxxed his theivin thrapple fur him doon in Embro in 1658.

Onywye, I wis that taen wi Rob Roy fin I wis a littlin, haein stood (as I thocht) in his verra ain cave an breathed his verra ain air, that I deaved Faither till he made me a timmer claymore an targ. Wi yon I wad terrorise the hale o Albert Terrace in Aiberdeen, tho neen o the neebors' bairns kent twa wirds o the oaths that cam ooto ma moo, for they war aa southren-spukken an kent nae Doric – jist as weel tae, fur they war gey genteel an wad hae bin fair scunnered that a bairnie cud ken sic coorse spikk. Bit I hae steppit aside frae the main rug o ma story, yon veesit tae North Gellan.

We turned richt bi the Abyne-Tarlan crossroads, past the dyke that Faither sat on as a bairn, waggin his haun wi the lave o the clachan as his aulder cousins mairched aff tae the Great War; syne we gaed alangside Abyne Castle, wi the reefs o the Mains fairm aboon the teem rigs fulled wi blawn beech leaves.

"I wis born there, lassie," Faither telt me, "an on that very December nicht there wis an almichty storm. There wis teemin rain an thunner an lichtnin aa roun the hills. Man, twis bricht as daylicht ower Mortlach, wi the storm at its heicht an booin the beech trees like strae! Weel, yer grannie wis sittin bi the fire wi me at her breist aa happit in a shawlie, fin there wis ae great knell, an a streak o lichtnin cam straucht doon the lum an missed the baith o us bi a fusker! Mither wis reeted tae the ingle, fair terrifeed, grippin me ticht, ye ken. Syne the lichtnin struck the door wi another swack an vanished. Aabody roon aboot in the clachan said twis sent as a *sign*".

"A sign o fit, Da?" I speired, ma twa een as big as ashets.

"A shair sign," gurred Mither, "that we'll be ower late fur wir fly cup if yer faither disna stop his bletherin an drive a bittie faister." Mither wis as doon-pittin as a weet dishcloot on a pluffert o floor. Sae we held on up the road a twa-three meenits – bit Faither cudna help hissel (fur ilkie weel-kent park held a tale fur him) an the car slawed doon again.

"Thon bi the left's far we set fire tae the cuddy," quo he. I wis fair dumfoonert, ma mind's ee seein a puir cuddy up tae its oxters in kinnlin fur a cuddy bonfire.

"Aye weel, the tinkies eesed tae graze their shelts on oor craft grun at the time o the Games," Faither gaed on. "An as aften as no they cudna pye. Sae ma faither jist keepit ane o their cuddies back fin they gied awa, as lawful dues fur the girse their beasts hid etten".

"Quite richt anna," cuttit in Grannie frae ahin.

"Onywye," said Faither, warmin tae his tale, "ae Games wikk, ane o the cuddies wad neither boo nur bend. Twadna move ae fit. I laid intil its dowp wi a bittie birk bit it wis a damned thrawn cuddy yon, a richt coorse, thrawn kinno a cuddy wi a mynd o its ain. Weel, I wisna gaun tae let nae cuddy get the better o me, wis I?"

"Fit did ye dee, Da?" I speired.

"I jist cuttit a buss o jobby gorse and stappit it up aneth its tail. Weel, it didna like yon, the cuddy, twis sair jobbit. An the sairer twis jobbit, the mair it pued doon its tail, an drave the stobs farrer inno its dowp. Bit it wis a gey thrawn cuddy, ye see, an neen ower bricht, sae still it didna shift. *Ye'll nae get the better o me, ma lad*, says I, an syne I gaithered kinnlin frae the wids, biggit a wee rickle under the hairy kyte o the cuddy, an set it alicht. Yon beast tuik aff like the haimmers o hell, an didna stop rinnin till it reached the ither side o Tarland. An yon wis richt handy, fur that's jist far I wintit tae be masel, at the Heid o the Slack."

"Fit wye did ye ettle tae be at the Heid o the Slack, Da?"

"I wis caain sticks wi the cuddy an cairt fur a fairm on the side o the hill yonner. The sharn frae yon byre wis the best in the hale o the county. Ye see, the fairmer o thon placie nivver muckit his beasts oot bit eence a year. The peer breets stood near the heicht o the byre in their ain dung. 'It's a droothie day, Charlie,' says the fairmer's wife tae me. 'Ye'll takk a drappie milk fresh frae the coo tae weet yer thrapple?' 'I widna say no,' quo I, an thankit her kindly, fur twis a gey hett day, an I wis plottin wi aa ma tcyaave wi the cuddy. Bit syne I saw her strain the milk throw a sieve tae wyle oot stringles o sharn, an cheenged ma mind richt quick. 'I'm nae that thirsty noo, mistress,' says I, luikin at aa yon sharn in the sieve. 'Lord's sake, laddie,' quo the fairmer's wife, 'it's the sharn that gies it the taste!'"

"Div ye nae think we micht caa on a bittie faister?" girned Mither at this pynt. Sae Faither pit his fit doon an we fair beltit alang the road, bit I wis gyan ower yon business o the sharn in ma myn. I kent aa aboot sharn, ye ken, bein oot on fairms near ilkie weekeyn plyterin aboot the parks wi the fairm dogs or treetlin ahin the hired chiels fan they herded the kye or singled the neeps. Tae kintrafowk sharn wis precious. Wi'oot sharn, naething wid grow. Eence, a neebor's lassie frae the toon hid traivelled wi's tae the kintra. She niver cam again. She stottered aboot the parks, fair frichtit she'd fyle her sheen. *That's the cows' toilet*, she complained. *It's absolutely disgusting. And it's lying about just everywhere you look!*

Bit I thocht naething o sharn. Twis as muckle a pairt o life as the brummils bi the road or the hennies' eggs an I mindit on a coorse wee spikk ma uncle's greive eesed tae threap tae me at Skene:

> *Far ben amangst the widded trees*
> *I bent ma erse wi perfect ease*
> *An roon aboot did swarm the flees*
> *Tae hae a tasty denner.*

I hid treetled in ben the fairm kitchie an spak yon, wird fur wird. Auntie wis bakin oatcakes on the griddle. She niver dauchled, niver turned roon, jist cried tae ma uncle, "Did ye hear fit yon quinie cam oot wi?"

"I hae telt ye a hunner times, ma lass, nae tae gyang wi the fee'd loons," ma uncle telt me. He hid gaen tae Robert Gordon's School till ma grandfaither's daith cuttit short his education. ("A heid on his showders, like the lave o the Booths," ma mither niver weariet o tellin us; "a rale *gentleman* fairmer!")

I dinna ken fit wye he wis sae roosed bit I kent I'd deen somethin that misfittit ma uncle Willie.

"The fee'd men are nae brocht up richt, ma quine," he explained. "Maist o them are jist trailed up. They're roch an orra-spukken because they dinna ken ony better. *Bit I dinna wint tae hear the spikk o the chaumer in my ain parlour! An I'll thank ye tae mind yer manners.* Yer great-grandfaither ained seeven dairies. He wis a J.P. anna. He wisna some nochtie craitur sired at the back o a dyke. He'd turn in his grave tae hear ye spikk like yon." Weel, I niver mentioned erses again afore ma uncle. He wad hae mebbe ained tae a bihoochie or a dowp, or even a dock, bit niver an erse did he hae.

A fyew sharnie parks mair an we war twa fairms frae North Gellan. "At last!" sighed Mither. Bit faither wisna tae be short-cheenged o his memories.

"See yonner!" he cried, pyntin the Lochnagar side o the roadie. "Yon's far yer aunt at Ballater near hid her hat shot aff."

Mither groaned. Syne we heard tell foo ma Auntie Nell hid come doon tae bide a wikk wi a new-mairriet cousin fa'd bin mairriet on a

Tarlan fairmer.

"The cousin wis cairryin twins at the time. Finiver Nell steppit up tae the fairm, her cousin grabbit her airm an trailed the fleggit lassie intae the barn. 'He's hame fechtin foo frae the pub,' she telt ma Auntie Nell. 'We'll jist bide in the barn till the drams weir aff. Fyles, he offers tae sheet me. It's jist his wye. Sober, ye couldna hae a better lad'."

Weel, it seemed Auntie Nell niver bedd lang enough tae takk her hat aff an didna dauchle till she wan hame tae Ballater. Strangely eneuch, her cousin hid a lang an sonsie mairriege fur, as aabody in the car agreed, *ye couldna hae gotten a better lad, sober.*

And sae we reached the fit of the parks o North Gellan. Auld Peter Middleton, the fairmer, was ma faither's uncle an sib tae ma grannie Lizzie on ma mither's side, fur we war aa gey close in bluid in oor faimly. Afore he drave up the roadie, wi nicht creepin frae the muirs like a saft, dusky plaid, slidderin its lang, oorie shaddas ower the dykes, Faither badd me takk a guid lang luik o the parks that lay on either haun. Fur, he telt me, they war far oor fowk cam frae, time ooto mynd. An mair, the auld Druid circle o Tomnaverie gairded yon parks, nae a steen's throwe frae the fairm; an maist o oor seed war beeriet nearhaun, bi the ruined castle o Coull, far a ghaistly bell is heard tae ring fan ony Durward dees.

They come frae the grun o Coull an they gyang back till't, Faither telt me. I wis fair taen wi aa the things he said o yon place, fur it gid me an anchor, a sense o ma forefowk, that ither littlins dinna hae.

"Mebbe noo we'll get wir fly-cup" gurred Mither. "Yer uncle Peter'll think we've cam fur wir tea if ye dinna gee yersel."

"See, Grannie, see!" I cried tae the auld wummin sittin in the back seat, as befitted an elder o the tribe. "The hills are aa fite! There's snaa on the hills, Grannie!"

"*Fin yon fite Mounth frae sna be clear, the day o doom is drawin near,*" quo Grannie in an uncannie vyce. An sae I hid tae hear tell that the Fite Mounth wis Lochnagar, an that he aye cairriet a wee pucklie snaa at his bosie, an that if iver yon bosie tint its snaa the warld wid cam tae its eyn.

Faither wad niver be ootdang tho in the maitter o stories: "*Fin Morven Hill his got a tap, then aa Cromar'll hae a drap,*" quo he.

"A drap o fit, Da?' I speired, thinkin o the fusky that cud gar Auntie Nell's cousin's man sheet fowk. I wis hopin the fowk at North Gellan hidna taen a drap o fusky, an widna offer tae sheet *us*.

"A drappie rain, quine," said Faither. "Fin Morven's got a clood atap, ye ken it's gaun tae rain."

"Aye, ye dinna need nae weather forecasts wi yer grannie an yer da baith in the car," quo Mither soorly.

An sae we drave inno the coort o North Gellan, seedbed o ma forefowk, an parked the car. A heich, spare chiel strade oot tae greet us. Echty year auld if a day, he wis ilkie bit as swack's a man thirty year younger. He helpit ma grannie ooto the car, fur she wis hippit wi sittin an gey rheumaticky. Syne he bosied an kittled her like he'd bin a halflin. Grannie leuch. "Peter, ma loon, it's a richt fine treat tae see ye," she keckled.

I gloomed at the auld chiel frae aneth ma broos. I didna like strange mannies kittlin my grannie. Inbye, they hidna yet lichtit the lamps an the kitchie wis dowie. Aa the licht there wis cam frae the peat lowe that spat and flichtered ayont the swey an up the lum, the reid hairt o the room. Auld Peter dowpit hissel doon bi the ingle, an his reid-heidit dother-in-law made the fly.

Kennin this betokened the stert o a lang, lang lagamachie o news, I hunkered doon on a creepie aside the windae, catchin the last o the dwinin licht, an fished in ma pooch fur the back o an envelope. I aye cairriet a bittie paper in ma pooch tae draa on. Finiver I wis draain, I wis quaet, tint tae the warld an aathin in't. I didna spikk, I didna barely meeve, forbye the neive that held the pencil – an throwe it flowed a line that cam oot a stag, a hoosie or a quine, fitiver tuik my fancy. An fin I wis daein thon I felt sae maisterfu I micht hae bin Merlin, takkin a bare bittie paper an fullin't wi glamourie. Ither bairns cud sclimm trees or fecht or sing wee tunes or lowp lichtfitted in an oot their skippin-towes. Bit I drew, an it gart me feel like God creatin Adam. Aa God hid tae wirk wi wis a daud o clay frae the grun. I likit clay tee an aften plytered aboot wi dubs. I likit the feel o the soss, kirnin it, sclappin it on waas an spirkin it on leaves, feelin its weetness an clartin ma paws till they war yirdit.

Mither eence said, "I'll buy ye a bonnie dallie, quine."

"I dinna wint nae bonnie dall," I telt her.

"No, I dinna suppose ye div. Ye'd raither makk a clart an a soss o yersel," she girned. Sae I sat in the neuk o the windae at North Gellan yon derk efterneen, an drew. It keepit me blythe.

O a suddenty, I heard Grannie fusper tae Peter, "Fit think ye o ma grandother, Peter?" Fit think ye o the quinie there?"

Grannie wis ma mither's mither, born an bred on the fairm o Strathmore, ower the road frae North Gellan. She ay caad hersel "a Tarland tink", efter the Deeside spikk – *Tarlan Tinks, Migvie Gents an Coldstone Cavaliers*. Her faither hid left Strathmore fin she wis a littlin, fur he'd bin anely a shepherd there fa'd mairriet the fairmer's dother. He'd gaithered eneuch gear tae stock his ain placie, an sae Grannie jyned the Migvie Gents at the Hame Fairm o Hopewell. Yet she aye said she'd bide a Tarlan Tink till the day she deid. Syne her faither flitted New Deer wye bit Grannie wis ower thirled tae Cromar an gaed back tae her granparents at Strathmore an wadna shift till wird reached her faither that his wee Lizzie wis rinnin wild roon Coull. Efter yon, she'd tae flit an thole it.

Richt wintin tae ken foo the auld chiel micht jeedge me, I stappit ma pictur inno ae pooch, faulded ma hauns on ma lap, an tuik a lang sicht o him. I dinna mind muckle o the lave o the fowk we met yon day, bit I weel mynd on Auld Peter. Fur aa his age, he wis still maister o yon place, like some muckle wyver cockin in its wab bi the ingle.

He'd on a fite sark wi nae collar, galluses an tackety buits. There wis a scrapin o fite stibble at his chin, his neb wis hooked like an erne's beak an his chowks war sunken aawye roon his moo. His hale heid wis nae mair nur a skull happit wi a thin skimmin o skin. A coo's lick o hair wis stukken tae the reef o his heid like auld thackin on a rummled craftie. Bit baith een war sherp an shrewd as rottens' een. He maun hae bin gey bonnie fin he wis a loon, blaik-heidit like aa oor fowk. Bit noo he sat stent i the neuk o the fire like a scaffold, his braid showder-beens powkin up, aa girssle like a dried up chukken.

Auld Peter didna gie ony answer richt aff. He ran his een ower me like he'd sicht a stot at the mart. Syne he hochered an ye cud see his thrapple wirkin up a gobban o glut. He fulled his moo wi spittle, pyochered an spat a gob o slivvers straicht inno the reid peat lowe far it birssled an hissed an wis gaen.

Syne: "She's a dour bitch, that's fit I think o her," quo the rochsome chiel. "She's nae spoken twa wirds since she's set fit ower my door-steen. An I tell ye this anaa," the coorse auld bodach continued, "Nae man'll sikk her haun. She'll dee an auld maid. A damned dour bitch, that's fit I think o her."

Weel, if I wis dour afore, I wis ten times waur efter thon.

"Man Peter, Peter," leuch ma grannie, "ye're a gey carnaptious deevil!'

Onywye, auld Peter Middleton wis wrang. Nae lang efter ma fifteenth birthday, I hid ma first kiss, doon bi the side o Tarlan burn, roon the side o the McRobert Ha', wi the fiddlers inbye playin a dowie air like they'd bin pyed tae gyang slaw. An aa the stars looked doon frae the tap o Morven, an wutnessed yon. I fund oot yon nicht that twa showders war for mair things than luggin fencin stobs or haimmerin nails. They war the richt heicht an set fur a lassie tae twine her twa fite airms aroon. An I learned forbye that a moo that cud spit an sweir an brag cud saften fin it melled wi a lassie's lips, an sweeten like hinnie, some-like the lion on the green seerup tin. Fit think ye o that, Auld Peter?

A puckle years efter, I mairriet a Tarlan loon. Three o the fower bairns war christened at Tarland kirk, the watters o the Tarlan burn spirkin ontae their curly heids as the meenister gied them their sainin afore the hale congregation o the Howe. Fit think ye o that, Auld Peter?

I *can* be dour, fyles. It's a peer pianie that plays nae mair nor eichtsome reels an cheerie ballants. There's the derk an mirkie tunes, anes tae rugg at the hairt-strings. Bit wi maun jeedge yon ither side o his prophecy fin we foregaither aboon in the fullness o time. I'm tae lie three lairs frae him, in Coull kirkyaird, far I beeriet ma faither an mither.

"I've a notion tae hae ma aisse scattered ower the Shenbhal," Faither eence telt me. "I'm nae releegious, as ye ken." Noo, this wis a blaik lee, fur I niver kent onybody mair releegious than ma faither. Like masel, he worshipped Lochnagar an grew dowie if he spent ower lang frae the Dee. A theologian chiel eence screived me a puckle o letters tae fin oot aboot ma ain releegious consaits. Efter a twa-three letters, he thunnered in exasperation: "Ye're nae mair nur a Pantheist!" Like as a pantheist wis something sharny ye scrapit aff yer buit.

Pantheist or no, Faither socht his aisse tae be flang tae the wins o

Glen Gairn. I think he eence coortit a lassie there. He wis byordnar fond o yon place. Bit as I wis heid o the hoose bi then, staunin in fur a brither fa sud hae taen chairge o the kistin in the auld Scots wye, I got aathing tae ma ain likin. An my chyce lay wi Coull. Twis roon aboot Yule-time fin I beeriet him. The gravedigger, a secunt cousin, hid a sair tcyaave wi the grund far the mowdies hid caad up wee humphs an knowes aa ower the yaird. As he turned ower the mools wi his spadd, he said, "Ye'll win awa blythesome frae the kirkyaird, lass. Yer faither winna lie lang his lane. His cousin Beldie ower the road's near echty, wi an affa hoast. I doot I'll pit her here i the New Year, aboot sax fit frae hissel."

Doon they gaed, Faither's mortal banes, inno the lee o Tomnaverie, though I jalouse his speerit is bidin aboot the Shenbhal. Bit as the gravedigger said, 'They aye come hame at the hinnereyn, the fowk o the Howe". Mither hid a notion tae hae *her* aisse scattered doon by the Auld Deeside Line bi Ballater. I plantit her though in Coull. Twis the anely time she nivver argyed back. Ooto Faither's siller, I bespakk the Tarland mason fur a heidsteen o granite wi baith their names on't.

"I dinna wint nae steen," Faither hid eence said. "It's a damnt misguided eese o siller."

Bit ae day my name'll be on it tee, an I like aathing bocht an pyed fur. I nivver as much as buy a washin-machine on tick, let alane a heidsteen. Sae noo, I ain a braw granite steen as weel as sax fit bi fower o Deeside. Nae as much as the Laird o Invercauld (an I dareasay the view winna be near as gran) bit I *div* ain it – an I'll be bidin in't a gey lang time, eternitie mebbe, unless some vratch o an archaeologist howks me up.

Sae, Auld Peter Middleton, ye'll hae tae pit up wi me, dour bitch or no. Fur I'll nae be flittin nae mair!

DISRAELI FOR ME

In the Sixties, ilkie quine I kent near feintit ower John, Paul, George an Ringo. They pit their posters up aawye – in lavvies, bedrooms, lobbies; they even covered their schule buiks wi them. Bit my hero wis different. Fur a stert, my hero wis deid.

It began fin oor History teacher, Miss Moss, wis gaun ower the reign o Queen Victoria. A fey wee craitur, Miss Moss luikit some like Willie Pitt the Younger – a spurgie wi a pigtail, fu o spunk an virr, a rael cracker-jack o a wummin. She kent that the wye tae learn history wis tae play it oot.

"Neist wikk," she telt me ae day, "Ye're tae be Benjamin Disraeli fur a hale efterneen. An Linda Thain is tae bi William Ewart Gladstone an quanter ye!"

We war tae debate the repeal o the Corn Laws as if we war staunin on the fleer o the Hoose o Commons, the Mither o Parliaments, wi the Thames rowin by, as if we war twa o the heich heid yins in British parliamentary history – some heistie-up fur twa plooky schule quines scarce fifteen year auld. The verra day she telt us this, I wis aff like a futterat doon tae the library, tae borra ilkie buik I cud sniff oot aboot Disraeli.

I fand sax volumes o his Life, bi twa chiels caad Monypenny an Buckle, fa soundit like a firm o advocates raither nur a pair o scrievers, but they keepit me gaun fur the first twa-three days. Neist, I tuik oot a puckle novels bi the loon hissel: *Vivian Gray*, *Coningsby*, and *Sybil*. Mebbe I sudna – fur they fair bladdit ma English essays yon wikk. Ma jotters cam back scoored an scrattit frae Miss Rubislaw (Aiberdeen's answer tae Lucrezia Borgia) —

I don't know what you've been reading lately! Your use of English is pretentious, precocious and at times wholly absurd.

Oor English teacher tuik nae delicht ava in linguistic splores. Disraeli's prose, I grant ye, wis gey flooery noo an then. He'd bin booed aff the fleer eftir makkin his maiden speech, wi the kinno unco skirlin an doon-pittin confooters that oor Parliament daes richt weel, remindin ye mair o a fairmyaird. ("Aye," said ma hero tae hissel, "and though I sit down now, the time will come when you *will* hear me.")

I didna care fur yon English teacher, Miss Rubislaw, an plottit ma revenge. ("Aye," said I tae masel, "And though I doon ma pen the noo, the time will cam fin ye *will* read me!")

Ma readin reenged inbye mony a fremmit shore. I likit aa the fowk Miss Rubislaw didna. Fan we read *Twelfth Night*, I felt hairt-sorry fur Malvolio. I wisna *supposed* tae like Malvolio, bit I did. *She* said he wis a pompous wee nyaff, tho nae quite in sae mony wirds, an she telt me tae rewrite the hale essay tae peint the chiel's character aricht. Sae I gaed ram-stam aa the wye the tither airt, jist as she'd telt me. Syne I wis raged fur bein oor-clivver an aff-takkin. The neist fyew wikks, in ilka English class, I saa her in ma myn's ee as yon auld skellum, Fagan, trimmlin in the coortroom fyle wytin fur judgement tae be pronounced.

"Well, well, young lady, you've certainly improved your attitude of late. Much more tractable and compliant," said she, nae kennin the noose wis hingin ahin her neck, an the shadda o the gibbet loured ootbye the schuleroom windaes.

Onywye, I traipsed back an fore tae the library tae stalk ma hero Disraeli. Bi noo I wis richt hooked – obsessed, ye micht fairly pit it. As Bismark pits it somewye, *"Der alte Jude, das ist ein Mann."* I kent foo aften he cheenged his socks. I learnt that fin he grew auld he pit on corsets an dyed his hair. Yon chiel didna gie a snuff fur naebody. He wis an ootlinn, a Jew. An I wis an ootlinn as weel – a Scot. Till then it hid nivver cam tae me that aa the fowk aroon war Scots tae, jist makkin on affa sair that they warna!

Eence I wis socht hame tae tea bi a frien efter schule. Ootbye her hoose, she gied a wee hoast an hodged aboot, her bonnie face flamin reid. "Er . . . Look, I really must tell you something before we go in," she habbered. "It's my Dad, you see. . ." (My thochts raced: a boozer? a flasher? a wife- beater?) "You see, he actually talks to everybody in *Scots*."

Weel, I'd covered ma ain tracks weel, sin I spakk Scots tae, bit *nivver* at the schule.

Sae I kent masel affa close in wi Disraeli. Ma hairt fair warmed tae him. Naebody nooadays likit his novels. Miss Rubislaw didna like my essays. Disraeli wis nae groupie: he likit tae breenge aheid o the lave an dae the thing hissel. Fin the Suez Canal wis sikkin backers, he didna rattle the tinnie roon Parliament or speir fit this or yon body thocht, like some puir weather-cock takkin a tirrivee. Na, he jist gaed oot an bocht it – or mebbe the hauf o't – syne booed laich tae Hir Majestie an cried: "Tis done, Ma'am. You have it."

Weel, the day afore we war tae debate the Corn Laws, I gaed doon tae the library fur a last fix, syne stytered hame wi twa cairrier-bags yarkin baith shooders like ower-ticht bra straps. In ae buik wis a wee pictur (och, twis naething ava – aboot an inch an a hauf squar jist) o Disraeli as a young chiel, Byronic an broodin, wi blaik ringlets an a richt kittlie moo.

Ye cud hae picturs o the Beatles at ilkie street corner bit ye didna hae Disraeli danglin frae ony key ring or luikin straucht at yersel frae a beer mat. Noo, the best wye tae owercam temptation is jist tae gie intilt. Fur the ae time in ma hale life, I connached a library buik wi ma wee nail shears. I cut my hero oot. Syne I sat afore yon buik an winnert fit wye I cud dern fit I'd daen. Sae I speired at masel fit Disraeli wad hae daen – an strippit oot the hale page – twis anely a screed aboot Sir Robert Peel, an he wisna near as braw as Disraeli. Naebody wad miss *him* ooto the pages o history.

The day o the gran debate cam roon. At yon time oor schule wis spleet richt in twa: the Affa Bricht Quines got studyin Latin an Greek; the Jist Bricht Quines got tae takk Latin; an aabody else did Cookin an French. As a Jist Bricht Quine, I did Latin; bit nae Greek like Linda Thain. Tae this verra day I canna as much as poach an egg wioot burnin it, bit I can conjugate *amo, amas, amat* wi the best o them. The debate sterted aff weel eneuch. I gied my speech in the heigh style o Disraeli, an Linda Thain, yon Affa Bricht Quine, cam back jist as Gladstone micht hae repondit. Efter yon, it wis doonhill aa the wye. Miss Moss, the History teacher, maun hae bin a bit o a puppet-maister fur I cud feel my hairt-strings fair yarked frae ma intimmers wi emotion. Linda didna argie frae the hairt like me; she spakk frae the heid, as Gladstone wad hae daen. An at the hinnereyn, twis Gladstone fa cairried the vote. Bit I did learn frae thon ongaun that ye can tak a step ooto yer ain dour, granite-grey warld inno the growthie leys o yer imagination, an bide a fylie there in bliss – as lang's ye mind tae step back!

That same wikk, I hid taen masel aff tae the Art Schule tae speir if they wad train me up tae be anither Monet or Rembrandt. Like my hero, Disraeli, I hidna speired fit the Art Teacher, Miss Lees, micht think o this. Fin I gied her a sicht o the application form, she gaed dancin mad an tore it inno flitters afore ma een –

"Why ever should you, of all people, want to go to Art School? It's a dreadfully dangerous place. They'd have the skirt off a naive child like you in ten seconds flat. Apart from which, your colour sense is truly awful. I'm having you booked in for a test to see if you're colour blind."

She did, and I wis – bit jist a thochtie. Naethin ava. An naitrally she didna ken she wis spikkin tae a protégée o Benjamin Disraeli, First Earl of Beaconsfield. I gaed straucht doon tae yon Art Schule fur anither application form – bit this time I wis mair fly an gied it tae ma Da tae sign an takk tae schule. If I wis a young Disraeli, Da wis mair like William Wallace. Ding me on the snoot, an ye as guid as duntit him anna. *Wha Daur Meddle wi ma Faimly?* wis his motto. He'd nivver gaen near the schule afore, bit aince his dander wis up, he chappit on the Heidie's door wi a forcie neive. Syne there war heich wirds atween the twa.

"Aye, weel, mebbe that's fit *ye* may think, Mistress Wolfson. Bit ye're nae aabody an ma quine's tae hae her chaunce i the warld like onybody else."

Game, set an match tae Faither. I dinna think the Heidie wis eesed wi bein spoken till like yon – onywye nae bi the mealie-moud, genteel Das an Mas that maistly cam chappin at hir door.

She lat ma application gyang forrit, bit it fair shook me she wis that laith tae dee't. Mebbe, thocht I, twid bi wyse tae hae anither string tae ma bow. Mebbe I sud be a Tory Prime Meenister like Disraeli. I wad hae tae luik farrer intae maitters poleetical; sae I speired at my Da fit wis the difference atween a Communist an a Conservative.

"A Conservative ains a coo," he cam back at me, "an a Communist disna."

Sae I gaed doon tae the nearest Employment Exchange tae speir foo tae set aboot this.

"Age?" speired the clerk ahin the coonter.

"Fifteen." I replied.

"An foo may I be o assistance, Miss?"

"I'd like fine tae be a Tory MP."

The clerk luikit at me closely an hodged in his seat. "Gang an study fur ten year. Takk first-class Honours in History an Politics. Smairm an chairm! Yon's the road tae bein Tory Prime Meenister. Oh, an learn tae lee!"

Weel, I niver got tae bein a British Prime Meenister like Benjamin Disraeli – nur even Gladstone. Bit noo that I've said ta-ta tae fifty, I *dae* fyles dye ma hair! An corsets? Weel, that's ma ain secret.

IN THE BAG

It sat there for half an hour before either of us touched it. "Maybe the owner'll come back for it," said Sandra.

"Maybe she will," I agreed. It was slow on the college reception desk that night, mind-numbingly slow. The minutes crawled by like arthritic tortoises. The clock above the calendar ticked like a creaking cog in a rusty wheel. The security guard fretted along the corridor with nothing to secure. A toothless old man wearing a green tea-cosy hat, his nose webbed with a mesh of small, bucolic veins, came up to ask where the life class was to be held that evening.

"In for a cheap thrill," sniffed Sandra derisively. "Imagine posing in the buff before the likes of that."

"Cheaper than a prescription for Viagra," I said. "He's on benefit. The life class is free. Have a little charity."

" Canada," Sandra muttered incongruously.

"I said Viagra, not Niagara."

"No, I saw a bag like that when I was in Canada last year. Looked like a Cherokee Indian had sat in his tepee and chewed it."

I gently lifted the top flap of the brown leather bag.

"It says, *Made in Taiwan*. How many Cherokee Indians do you know, sitting in tepees in Taiwan chewing leather bags?" I asked.

"Always there with an answer, aren't you," Sandra countered. "God, I wish there was a bomb alert or something, just to liven things up a bit."

The phone rang twice in the next hour. The first caller was a gentleman who wanted to know if the college ran classes in acupuncture. It didn't. The second was a woman, practically incoherent with rage, who needed to know why we had cut off her housing benefit. "You want the Council, not the College," I told her.

"Oh, any excuse," she frothed. "You bloody bureaucrats all stick together."

At 7.30 p.m. Sandra went to the cupboard and brewed two mugs of coffee. The walk-in cupboard behind Reception was tiny, airless and dark, groaning with rack upon rack of tightly cramped files on every subject from Apple Mac to Yachting. There was even a pamphlet entitled

"French for Football Fans" left over from the last but one World Cup.

Sandra emerged from the cupboard bearing the coffee and a pamphlet clenched in her teeth like a clever retriever. I grabbed it and began to read, assuming it was hot off the Graphics Department press, something new for us to learn.

It wasn't. "Somebody's spelt appointment with one *p* on this 'Beginner's Guide to Arabic'," she said. "Should we tell them?"

" No," I said. "They wouldn't thank you. Besides, apart from the duff spelling, the lettering's beautiful – and just look at the camel on the cover. You can almost smell the desert. You'd half expect a ton of sand to fall in your lap when you open the pages."

"Suppose so. And anyway it's not as if any of the public would notice a spelling error nowadays."

"Higher Still," I said.

" Lower Yet," she responded. We laughed.

Sandra's OK. I like working with her. She's younger than I am, and probably brighter, but I'm more cunning and definitely more devious. I have manipulation down to a fine art. My husband, who has learned this by bitter experience, is always looking for my hidden agendas now, even where none exist. Even if I suggest an outing to the beach, his instinctive reaction is a nervous, "Yes, but why do you *really* want to go there?"

Since I can duck and weave verbally, we never get weighed down with irrelevant work. Sandra can handle the computer, and I can handle the boss. With these shared skills, life is relatively easy. We finished our coffee and turned our attention again to the mysterious bag.

"Obviously," I said, "the owner's not coming back for it."

"Licence to snoop?" asked Sandra.

"A licence to ascertain rightful ownership," I corrected, "*and* to snoop."

We opened the unclaimed bag, fishing out the items one by one. It feels almost a violation, doesn't it, dipping into someone else's bag, laying bare their most personal possessions? My mother practically slept with her bag. Paranoid! I used to wonder if she kept a severed head in it, or a throbbing tarantula with foetid fangs. I looked inside it once when she actually left it unattended. There was nothing more sinister there than a purse, two paper hankies, a lipstick and a key. Hardly the stuff of international espionage. She was a very private person, my mother. What was hers was hers. Sharing was common, she always said. Sharing was done by people who couldn't afford fresh bath water and spent their lives tainted by other people's tidemarks.

Entering *this* bag, however, was interesting. Sandra withdrew a dark green object that vaguely resembled a mortar bomb with a cap. That stumped us, till George, the janitor, solved the mystery on his way past, trundling a box of prospectuses en route to the Open Learning kiosk.

"It's a bike bottle," he explained. "Aa yer sports freaks cairry them."

We decided therefore that the bag owner was lean as a whippet, like a strand of French liquorice.

"I wonder if women cyclists wear thongs," mused Sandra.

"Shouldn't think so for a moment," I replied. "It would be the equivalent of dental flossing your backside."

Having established that our bag owner was a knicker-clad, streamlined whippet, we fished out the next article. Sandra grimaced. "It's a crime novel," she remarked. *All That Remains*, by Patricia Cornwall. In a gravelly Hercule Poirot voice, she proceeded to read the blurb from the back of the book. "*Ligature-tight tension . . . gruesomely crucial expert knowledge . . . scalpel-sharp intuition . . . stomach-churning accuracy ...* Sounds like a cake-mix recipe." she muttered.

"A female cyclist with a penchant for murder," I reflected. To the dental floss image, I added a shifty look and tightly-knotted buttocks.

"Whoever she is, she's myopic," my colleague continued. "Those spectacles are inches thick."

Our murderous cyclist now peered out from within my imagination like a tunnelling mole.

Swiss formula hand cream was the next clue. "They need cream to slide into those Lycra things they wear," I said.

"And a shoe horn," added Sandra.

A folder, notes, pencils, highlighter and several ball-point pens pinpointed the occupation of the bag's owner. Obviously and unsurprisingly a student. "But are the notes neat?" I wondered aloud.

They were. Extremely so. I now had an almost complete picture of the bag's owner. A half-blind, murderous cyclist with pained buttocks and obsessional tendencies. Obsessives are always neat, incredibly so – anally retentive to the point of constipation.

The purse was a hideous, rainbow-hued, velcroed, wrap-around object, which looked like it had either fallen off the Magic Roundabout or come out of a psychedelic horror movie.

"At least it won't get lost in the dark," said Sandra.

There was only one plastic card in the bag, a bank card with the name, "Ms H. Smith" embossed upon it.

"Henrietta?" suggested Sandra.

"Too Victorian," I objected." You can't cycle in a crinoline."

"Helen, then," she tried.

"Greeks aren't obsessively neat," I told her. "They smash plates, for God's sake. And most of them are permanently tanked up on Retsina, the ones I've known."

"Heather?" was Sandra's next proposal.

"Heathers aren't murderous. Heathers are twee," I pronounced. "Heathers are found pressed between the pages of the *Peoples Journal*. They're as wholesome as curds and whey."

"Brucellosis!" muttered Sandra, but I ignored that.

Now we were down to one cosmetic bag, two paper tissues, a packet of Fisherman's Friends and a half-sucked Polo. Personally I am deeply suspicious of people who choose to suck Polos. Unlike pandrops, Polos are not straightforward, uncomplicated confections. Of course, what anyone does with their tongue, in the privacy of their own mouth, is their own affair, but there is something perverse and unnatural about a Polo. It simply isn't British.

"Our cyclist is foreign, half-blind and murderous, with clenched buttocks and a cold. She may well be a Neo-Nazi," I concluded.

"A cold?" queried Sandra.

"The Fisherman's Friends! Nobody buys a packet of those, unless their sinuses are blocked like cement in a drain."

This left only the contents of the cosmetic bag to scrutinise. It was a mawkishly floral cosmetic bag, quite out of keeping with the Euro-trash bike bottle, with which it clashed horribly, like a Cornkister singer resplendent in nicky-tams in a the midst of a line-up of Sweet Adelines.

A present, I decided, from an elderly aunt.

Over the table rolled one dark lipstick, Hazelnut, which meant our cyclist had lips that resembled melting chocolate; a mascara brush like a dead moth; and a maroon eyeliner pencil. The final article, a small packet encased in foil, toppled out to join the small pile of possessions littered across the shiny top of the reception desk.

It was like spit in your cappucino. Like a lacy pink brassiere on a nun's washing line. It was, according to the label, a whisky-flavoured condom.

"Well," said Sandra, "speaking personally, I prefer my whisky out of a glass. But who's the owner?"

"My money's on the Ring-binder," I speculated.

"The Ring-binder?" Sandra asked.

"You wouldn't know her. She's a day-release student. Face like a curtain rail. Every square inch of skin is impaled with a gold ring – cheeks, nostrils, eyebrows, the lot. She's got more perforations than a postage stamp. And that's just the bits you see."

" You don't think. . . ?" Sandra began.

"Yes, there too, I shouldn't wonder. Probably stapled tight. Hence the flavoured condom."

"Would the whisky be Southern Comfort then?"

"Probably Japanese whisky as opposed to Stars and Stripes."

Just then, unexpectedly, the Ring-binder strolled into view. I shovelled the contents unceremoniously back into the bag as the Ring-binder leaned over the desk, breathing huskily. I caught a whiff of BO, pot-pourri and hash – a curious combination altogether.

"The lavvies is flooded," she announced aggressively. " Fit are ye gaun tae dee aboot it?"

"Wear Wellies," muttered Sandra, fortunately unheard by the girl.

"We'll notify the relevant authorities," I trotted out.

"I've jist *daen* that," said the Ring-binder sarcastically.

"Despite recent cut-backs," I informed her, "our job description does not yet embrace plumbing, but we'll page the janitor."

" Aye, O.K.," she sniffed, mollified. A strand of mucus coyly coiled around one of her gold nose rings. She reminded me of a champion

Charolais bull at the Tarland show.

I pushed the bag across the desk towards her.

" Won't you be needing this?" I inquired.

"Nae really," came the reply. " Tisnae mine."

Two giggling students from Service Industries approached the desk to ask for a holiday timetable. The bag didn't belong to them either. An oilman wanted to know if we ran correspondence courses on etiquette. And no, it wasn't his either. Three lecturers came in to book college cars. None of them had ever clapped eyes on the bag before.

"I give up," said Sandra. "It goes to the police station tomorrow."

We were just pulling down the shutters round our little communication outpost at closing time when a pensioner shuffled up. Her hair was dyed a diseased peroxide colour. Frizzled strands of a disastrous perm dangled from her scalp. There was, however, no mistaking the hazelnut smear on her lips.

"Scuse me, Missus," she said, addressing me in preference to Sandra, mistakenly assuming I would be the more responsible by virtue of my age. "Scuse me, but that's my bag ye've got there. I left it here this morning, fin I cam ooto the gym."

Snatching up the brown leather bag, she tottered off with it out into the rainy night.

"God Almighty," said Sandra, staring aghast at the retreating figure .

"No," I corrected her. "That's Ms H. Smith, who's the bag's legitimate owner. I just wonder what kind of bike she rides."

WHITSUN

This I offer tae ye, O Swan
Foraye, ma fier, foriver:
The pouer o the win and the gowden sun
Tae lift each raxxin feather.

This I offer tae ye, O Tod,
Foraye, ma fier, foriver:
A road that's free on the wyndin lea
Gweed health an lichtsome weather.

This I offer tae ye, O Hawk,
Foraye, ma fier, foriver
A lift o blue an an ee that's true,
Clear sicht o muir an heather.

This I offer tae ye, O Snake,
Foraye, ma fier, foriver:
The Beltane dyew in yer forkit mou
Far the reeds in the lochan quiver.

This I offer tae ye, O Craa,
Foraye, ma fier, foriver:
That rains that faa an the wins that blaa,
May life be sweet, O Brither.

THE VERY SPECIAL CHILD

It was a brick-hard, dry-dust day in June when Joan Christie drove to the ancient, disused kirkyard on the fringe of Marsgian wood to see the Epona Stane. As usual on such occasions, she was alone. Her husband Paddy found History as exciting as cold porridge. Trudging round lichen-encrusted Pictish stones which were frequently ringed by barricades of briars or nettles and cautiously navigating fields booby-trapped and mined by bovine excrement was not her spouse's idea of a nice Sunday outing.

Paddy's Sundays were spent at the Crown and Anchor, wiping the froth from a glass of stout with his luxuriant blond whiskers, those very whiskers that had originally inflamed Joan's desire for him. He'd greatly resembled a woodcut she had seen of Caractacus, (that Celtic warrior-king who led the Welsh against the Roman legions) drawn by some Pre-Raphaelite artist with a passion for the studied noble pose. How ridiculous, in retrospect, the things that attract one human being to another. Paddy had turned out nothing like Caractacus. From the whiskers down, he'd proved to be one hundred percent walrus. Even his sweat smelt vaguely fishy. Every day he dragged himself home from the pub and beached himself peacefully on the sofa – very like a walrus; very much a walrus. When Joan came back from the office, there he would be, lying prone, a huge bull walrus with magnificent whiskers, rolling his huge brown walrus eyes limply in her direction.

"What's for tea, dear?" he'd ask. She would visualise herself tossing him a raw haddock, as she had seen circus trainers do, before she clumped through to the kitchen to chop the vegetables. It wasn't as if he paid his way. He was only a glorified ornament really, a decorative matrimonial appendage. Once, she'd just stopped herself from absent-mindedly dusting him. The mortgage, the bills, the household expenses all came out of her salary.

"You wouldn't take a man's giro off him, would you?" he would grunt plaintively. "After all, I *do* dig the garden..."

Certainly, somebody or something did dig the garden, that was an undeniable fact. Strange though that the garden was ridged and furrowed so symmetrically, so mechanically and so well. She was still trying to work out how Paddy's friend Neil contrived to get a tractor and plough through the small garden gate. Maybe they hitched the plough to a Shetland pony. Maybe they bribed an entrepreneurial mole to do the deed. She refused to believe Paddy had put foot to spade, since he never broke sweat, not even at their most intimate moments, which fortunately were becoming increasingly rare. At such times, the fishy-sweat stench of him reminded her uncomfortably of a childhood visit to the seaside in Majorca, when a friendly octopus had wrapped itself round her leg in the manner of an amorous corgi. At such times, however, his skin glistened wet and clammy, much like a basking walrus, very like it indeed.

She would have put up with him even then if it had not been for his distressing sociability. Cats drag mice, vermin and dead birds in from the wider world. Paddy dragged in impecunious dossers and charismatic chancers of every description. In the early days of the marriage, she had complained about this habit. And then, of course, she'd been given the guilt trip – no expense spared; the top of the range, made to measure, bespoke guilt trip.

"Well, if *you* were able to have kids, I wouldn't need to have friends in. And it's not very Christian of you, is it, to turn folk away who're suffering? What would all your nice, middle-class Christian friends think if I was tell them what you're really like? If I was to spill the moral beans about you? And after all, isn't it better to give than to receive?"

"But not when I'm the only one doing the giving," Joan would mutter to herself. Yet Paddy's gregariousness wasn't exactly a ground for divorce. True, Paddy drank. True, Paddy was unemployed for most of the time. But so was half the city. And she didn't mind him being drunk. Drunk, he slept. No clamping of octopus tentacles round her breasts. No demands for food, for heat, for attention. Just a basking walrus that she could step round and over like an old log. Getting a bona-fide husband had been something of a coup at her age – she'd been thirty-something when she married – it was like a safari hunter finally bagging a prize tiger after an unconscionably lengthy stalk. Unfortunately, husbands weren't actually like tigers. Once you'd caught and skinned them, they didn't obligingly sit intriguingly before the fireplace like a trophy of the chase. No, they dragged in all manner of interesting reptilia, like Lazarus the tattooed raver from Dunoon, high on Ecstasy; or Mumbling Molly, the kleptomaniac granny with alopecia that Paddy had befriended on a park bench; or Pea-Green Nightingale, a busker from the Harbour, whose nickname Joan couldn't work out until she stripped the sheets from the guest room after he upped and left with her new video player and a canteen of cutlery.

The Pea Green incident had galvanised her into attending the infertility clinic. Paddy had been seen first, a very quick assessment. With Joan, however, the consultant had taken a great deal longer. If they did have a child, Joan reasoned, Paddy would have a focus in life. He could be a house-husband. He wouldn't have time to pub-crawl or gutter-dredge. Like a damaged Airfix model plane, her marriage could be glued together by a child. True, as a relationship it would never soar like an eagle, but it might manage a couple of turns round the runway like a hamstrung Pegasus.

    The consultant, Dr Typhon Necropolis, was an international infertility expert whose family had settled in Britain during the Turkish-Cypriot troubles. She was quite struck by his eyes; they were exceptionally powerful and penetrating, very black, very luminous, the pronounced curve of the eyebrows also sleekly black, as if painted in by a fine brush. His hair, however, was grey, but thick as a sheep's fleece, cropped and feathered like a classical statue. Throughout the consultation she had the ridiculous feeling of being opaque, as if he could see straight through her, as though she were made of glass. It wasn't an unpleasant feeling; in some ways, it was wholly pleasurable to lie there and let her fantasies gush like a fountain. And Dr Necropolis drank in her every word.

    "Infertile women have wished for children from time immemorial," he remarked. "For all sorts of reasons. You are, I can tell, a very private person, a person who thrives on quiet, a person who needs her home to be a sanctuary. Such a person would need a very special child. A very, very special child indeed," he reflected.

    After a few moments' thought, he turned to face her. "Would you consider being inseminated by donor sperm? When the husband is fertile as his test has conclusively proved, I wouldn't generally offer this. But perhaps, my dear, a replica of the husband would not be your best option – given the circumstances . . ."

Had she shown too much of her marital dirty washing? No, no, with something as important as the birth of a new person, it was important to get it just right. Dr Necropolis's patient shuddered, suddenly picturing two walruses on the sofa instead of one. Or even more unthinkable, twin walruses. A human zoo.

"I like the idea," she said vehemently. "Very much."

Two weeks later, she returned to the consultant's room. He was dressed in white from head to toe as he bore the test tube of sperm from its sealed, antiseptic vault. He spread a white linen sheet over the examination table, and assisted her up. She felt euphoric and had to fight off her totally irrational idea that the consultant's practised movements, as he delicately cleansed and prepared the mouth of her vagina to receive its gift of life, were somehow mystical and ritualistic. In a strange yet compelling way, the steel table, draped and swathed immaculately in white, had became an altar upon which she lay as a willing sacrificial victim.

"This won't hurt at all," he remarked. "Just relax. I know it's a very mechanical procedure, but try not to tense against the metal."

In barely more than a second it was over and the consultant was removing the thin sheaths of latex from his hands, like peeled skins. He dropped them smartly into the wastebin and with a light smile turned to face his patient.

"You should know in a few weeks if the process has been successful," he remarked. "In the meantime, try to distance yourself as much as possible from your little problem."

Distancing herself from the walrus, and the human flotsam it dragged in from the scummy tide of humanity, proved easier than she'd anticipated. Her days were spent at her office and most of her evenings at talks, lectures or libraries. It was ridiculous though to pay a monthly mortgage, plus bills, for a house she only entered to sleep in.

"Divorce him!" said one friend emphatically.

"He'd claim half of the house, then," she replied. "Besides, he does keep the garden extremely tidy."

"Poison him," said a second, "and bugger the garden."

"Prison doesn't appeal," she remarked ruefully.

"Encourage somebody to run off with him," suggested a third.

"He's far too lazy to be unfaithful," she sighed. "And would *you* want a walrus on your sofa?"

Each weekend since the visit to Dr Typhon Necropolis's consulting room, Joan had taken herself off on her favourite ploy, exploring the past.

That particular lovely Sunday in May, it was the turn of the Epona Stane to be visited and scrutinised. As with many of these pagan stones, the early missionaries had tactfully incorporated it within their proselytizing fold. In front, the carved horseman, his long hair pulled back in a mare's tail, was deeply cut into the withered, lichened stone; but the back was a mesh of intricate scrollwork which some mason-monk had later chiselled finely into the shape of a cross, so grafting the new religion to the old. A tiny dilapidated church stood to the east of the Epona Stane while to the west lay the kirkyard, bounded by a low, mossy dyke, with the long, glistening furrows of Marsgian farm rising black and wet and sharp behind it.

She knelt to peer at the stone, surprised at how kind the centuries had been to the pagan warrior seated on his strong hill pony. He was almost as fresh and as clearly carved as the day the sculptor had fashioned him. The interlaced cross on the other hand was much eroded, and seemed to be crumbling back into its original element. As she drew her fingers lightly over the pagan figure, a rowan to the left of the stone shuddered suddenly as thin spears of rain pierced the clouds and then shattered into a glitter of raindrops, tarnishing the tree's bridal blossom and turning it to a parody of its early promise and beauty. As the months passed, the rowan would bear its rich fruit in glowing clusters of red but just then it stood alone and forlorn against the sudden onslaught of rain.

No need, Joan decided, to catch pneumonia in pursuit of the past and wisely she moved into the disused kirk for shelter. Its roof and windows were dusty, worm-eaten, draped in cobwebs, yet still intact. The rain might tap with its myriad fingers, but would not be admitted. The door was stout, painted a hideous pink, but the interior had been systematically looted. Local farmers had long since carted off the pews to dismantle and recycle them as shelves or firewood or even children's cribs – a reincarnation that the church's creators would hardly have relished. The church had been the centre of the farming community up to perhaps forty years ago. Then, its spritual functions had combined regularly with secular pursuits when the tiny building had doubled as hall and mini-theatre. There was even a faded poster from the early 1930s, listing village performances.

The eagle-crested lectern was still standing, though covered now with hen droppings and an accumulation of dust. To one side, below a peeling parchment Cradle Roll, lay a large wicker basket. The intensifying rain continued to dribble bleakly down the window panes. To drive home just then through muddy country lanes would be no pleasure. On the other hand, it was dry and comfortable in the kirk building; idly, Joan Christie lifted the lid of the basket and began to explore the contents. Inside, she found the contents of a dressing-up box *par excellence* – enough for an entire repertoire of roles: blonde wigs with heavy flaxen pleats; midnight-black witches' capes; a pierrot mask with a single tear painted on its ghostly face. There were velvet padded pantaloons for pirates, magnificent Jacobean Court dresses, Spanish ruffs and paupers' rags. Rich man, poor man, beggarman, thief, thought Joan.

And then, almost at the foot of the pile, she uncovered a costume that she knew she simply had to try on, just for a minute – a *pelos*, the white, plain yet stately robe of a Greek matron. It would just be for a moment; simply make-believe; pure pretence; a momentary step back into the age of Pegasus, the great winged horse; into the age of Classical reason and calm; the age of beauty and rationality, the cradle of civilisation.

No one was about; there was no one to spy on her as she stepped out of her twentieth century clothes, and into the cool pelos. It could have been made yesterday for her. It fitted her shoulders perfectly; it clung to her breasts like silk – but there was something odd in the way it swung loose below her breastbone. It was far too voluminous there. And then she realised why it was so expansive. The woman who'd worn the dress had been heavily pregnant. Just wearing the dress made Joan's own womb quiver, as if life was stirring there. Closing her eyes, she clasped her hands together across her midriff. The pulse beneath her palms fluttered like a butterfly, trembling like water running over shingle, as if now there were two heartbeats within her.

Feeling curiously flustered, she pulled off the dress and stepped back into her own casual outfit of jeans, T-shirt and trainers. Carefully, she replaced the Greek robe in its wicker box where, in the dim light of the church, it seemed to shimmer and glow momentarily. The rain, she noticed, was over and gone. She could drive home now; she'd seen what she'd come to look at. On the way back to her car, she stopped again at the Epona Stane. Strange. The first time she'd knelt beside it, the rider's face had been quite featureless – a blank. She was sure there had been no eye in the handsome profile. But now there was certainly an eye there: calm and clear, focusing steadily ahead into the future. Well, she'd probably not noticed it before. It had been quite a long, tiring journey after all.

Some days later, she returned to Dr Necropolis's consulting room for a routine check-up. "I'm delighted to tell you," he said, "that you are now most certainly pregnant. And, as you are one of my special patients, I should like to undertake the delivery of your little one personally, if you're agreeable with that."

The months leading up to the birth were anything *but* delightful though. Far from distancing Paddy from his dubious acquaintances, the imminent arrival of a brand new Christie caused him to bring still more waifs and strays back home with him from his hours in the pub. During the final three months, Joan's self-esteem plummeted as she sat at home on maternity leave, feeling constantly sick and queasy. For hours on end, she would lie curled up like a dormouse on the marital bed, staring with a sense of alienation and despair at the willow patterned wallpaper, losing herself in its paper foliage.

"Well, you can't expect a man to put up with *that* kind of behaviour," Paddy mumbled aloud. "You've turned into a real wet blanket since this pregnancy business started. I'll be right glad when it's all over."

Only the occasional visits to Dr Typhon Necropolis's surgery cheered Joan up. "The birth is very near now," he told her. "I think you'll find it's all been worth it. I believe you'll find the birth of this special little one will solve many of your problems. Science, and genetics especially, are breaking new and exciting ground. Tomorrow's generation will be tailored to the needs of the individual parent, and people are so different, so very, very different, in their hopes, their lifestyles, their expectations, as you have found out already, my dear. In case of complications, I suggest that you book yourself into my clinic nearer the actual time and then I'll induce the birth and monitor it precisely. After all, given your husband's, er, somewhat casual attitude, he might not be the best caretaker when matters become urgent."

Just as the conception had been mechanically arranged, so Science and Dr Necropolis planned the birth with military exactitude. The labour was exhausting but under expert hands the climax came surprisingly quickly. With a cry of relief and agony, Joan gave one final push and the newcomer slid into the world amid its tangle of cord and blood. The consultant deftly tied the cord and lifted the new-born child over to a gleaming metal dish filled with gentle, lukewarm, antiseptic water. Then he wrapped it in a clean white blanket and placed it in the crib. Exhausted from her labour, Joan fell deeply asleep. Dr Necropolis bathed his patient's forehead, pushed the little cot beside the mother and sat down quietly to await her wakening.

Thirty minutes later, Joan Christie opened her eyes. Her offspring was mewling, making that unmistakable whimpering for food that every mother recognises, that sound that causes the nipples to prick erect and the sweet milk to flow.

The good doctor lifted the baby up to meet its mother. "A very special infant," he said. "He will love and guard his mother like no other."

Joan gazed on her baby, first in wonder and then in love, lifting the tiny bundle up to her breast. The suckling mouth that nuzzled her milky breast was muzzle-shaped and black, with just the beginnings of fur on its tiny face. The pear-shaped amber eyes looked up at the mother adoringly – six pear-shaped amber eyes, from the three small canine heads. Each suckling mouth, with its row of razor teeth, was incredibly gentle and soft, set in its black, silken-textured face. Lifting open the swaddling, Joan could see that the tiny creature had four, perfectly formed legs, each padded with velvety paws.

"He will guard his mother fiercely, that one," said the doctor. "I think you will find that such an offspring is ideally suited to your needs. His sire is Cerberus, who guards the door to Hades. He faces west, and east, and north. Nothing and nobody gets past him. Have you thought of a name for the little one?" he inquired.

"Filius Cerberi Christie," the mother replied firmly. "A very special name for a very special child!"

THE WARLOCK'S CURSE

Twis gloamin on the Sgian policies. The lang swete fussle o a blaikie wheepled throw the rosetty boughs o a sweyin larick. A Merch bawd, stertled bi the splyter o wheels ben clorty dubs, lowpit awa as Gavin MacInnes set his roosty Vauxhall aside a sheugh. MacInnes hid nae business bein yonner. The grun o Sgian o Sgian, the laird, wis private bit he wis a birdie nae aften seen in his ain airt – mair aften in Lunnon or sooth o the Mounth onywye – sae the rinnin o the estate wis gien ower tae a puckle gamies in tied hooses, spirkit aroon the gruns. They didna alloo poachin bit they'd turn a blin ee, as lang's the poachers war weel-kent locals eftir ane fur the pot.

The lad pit aff the ingine, steppit ooto the car, an telt the lassie aside him tae dae the same. She wis a shargert, reid-heidit quine wi a peely-wally, fern-tickelt physog an derk shaddas aneth her een. Her claes war as skyrie an fantoosh as the loon's war plain an orra. Fan he wis riggit in cassen jeans an a weel-worn green anorak, the quinie's skirt wis o blaik silk nippit short aneth a skinny rib tap that sookit ticht tae twa breists nae mair nor unripe aipples. Blaik suede buits cam up near till her hurdies an the dubs lappit ower her feet like broon furlin lips, near swallaein the uppers at ilkie stride.

"Damn!" she banned. Her loon leuch, tichtenin the pyock slung ower his left showder.

"I telt ye tae dress wycelike. Ye kent far we wis gaun," quo he. "We've tae wauk the length o the hale muir yet, tae Logie's wid aside the loch, afore I takk oot the gun."

The quine, Kate Murdoch, hytered ahin him, fu kennin her rig-oot gypit, bit she'd worn it tae garr him takk tent o her. The Merch wins ruggit an rived the daffies powkin frae the antrin sheugh, yarkin their yalla powes back an forrit. Hyne aff, the Bens war tappit fite wi snaw an glimmers o ice. Firs raxxed up aroon the twa waukers, derk an shaddaed, their boos criss-crossed like a ghillie's net. MacInnes cairriet a poacher's gun, its swivel barrel company tae a fu belt o cartridges. He slawed tae let the quine faa tee. Efter he'd shot a pucklie birds, or a mappie or twa, he'd lie aside her in the wids. Bit first he'd fusper a puckle sweet lees. Weemin likit things trickit oot wi smeeth wirdies. A hoolet swoopit oot frae the heich stoorie branches wi a sabbin skreich. The lassie's buits war smoored in peat bree noo, clean connached, the clart o the muir sypin ahin her inno ilkie sunken, sookit fit-preint. Guid siller wastit. She cursed her ain vanity an Macinnes's indifference.

They war near at Logie's wid. The Loch o Sgian lay afore them, a steel targ, deid an flat, wi wraiths o haar wyvin ower like a heeze o slidderin aidders, a nest o vipers..

"Sit ye an wheesht," hissed the loon. Geese war fleein in lang raws ben the lift abeen them. Fur an oor or mair the quine sat chitterin on a daud o deid heather. The cauld sypit up frae the peat, soomed in frae the haar cerclin the loch, an creepit inno her banes, garrin hen's flesh sproot ower her airms. A fleggit grey dyeuk quackit frae the reeds wi the speed o a snappin snare. Gavin MacInnes heistit the gun, aimed an fired.

There cam a flist o feathers an the deid bird duntit doon like a drapt steen inno a boorich o bullrushes. On a suddenty, a wheeplash o icy win runkled the loch's surface, garrin it lirk like a froon. The loon strode ower tae the reeds, liftit the dyeuk bi its spinnle-shanks an stappit it inno his pyock. Syne he turned wi a smile tae tryst the quine inno the derk canopy o Logie's wid, an laid her on a damp carpet o pines fur a birze, her reward fur the lang, dreich wyte. There wis nae tenderness in the jynin. A bull wad hae mountit a heifer wi as muckle civeelity. Fin he wis daen, he rowed aff the quine an crackit a spunk in the crook o his haun tae kinnle a fag. He tuik a lang sook an lat the rikk stream ooto his neb slaw an cannie, his slit een watchin her straichten her claes.

"Hash on, Kate. There's rain comin ower the back o the Knowe o Ledrach."

She wis blae wi cauld as she plytered ben the sappy muirlan tae keep teetle him, an sair ooto pech, fur he didna shorten his stride tae dauchle on her behalf. Aince they steppit inno the car, he drave her back tae her hame at the clachan o Ledrach in silence.

"Will I see ye again, Gavin?" she speired.

"Aye, aye. Nae doot ava. Cud be the Setterday daunce," quo the loon, blawin a ring o rikk inno the fug o the clammy car, its windaes rinnin wi steam. "Then again, it michtna be as sune as thon."

He wis playin wi her, tormentin her fur the gype she wis. He stoppit the car tae let her oot at Ledrach an she ran ower the road tae the pleisur park far twa teenage quines war sweyin back an forrit dourly on the bairns' swings. Twis late on Tuesday nicht an bar them, the pleisur park wis teem. Maist clachan fowk war inbye their hames, watchin TV. Jist the soun o some chiel hackin wid or dellin dung inno his gairden afore the spring plantin.

"Ye gaun steady wi Gavin MacInnes?" speired Ruth Ledingham, the auldest o the three lassies. Nae lang left the schule, an wirkin at the local Auld Fowk's Hame, Ruth wis a sonsie, frienly quine wi moosie hair straikit blonde an spikit up like a hedgehog's prods. Kate Murdoch hid sterted schule wi Ruth as a littlin – indeed Kate wis ay there, the clivver vratch.

Twad be shamefu tae tell Ruth Ledingham that MacInnes hid jist made eese o her, wi as muckle grace as he dichtit his hauns on an ilie cloot. She shruggit, said naethin. The third lassie, Tracy Mowat, sat birlin in the seat o the swing till the chynes abeen her heid war pleated ticht, syne lowsin them wi a *fing*! an a furl o her flouncin skirts. Tracy traivelled ten miles ilkie day tae the toun, far she vrocht in a hairdressin salon. Like Ruth, she'd new left schule, sae spent her days swypin up hairs frae the fleer o the shoppie an makkin fly cups fur the customers. Thon wikk, her hair wis chestnut broon, bit ilkie wikk twis different. Kate dowpit doon at the tail-eyn o the play-chute, luikin hingin-luggit at her bladdit buits.

"Weel?" speired Tracy. "Is Gavin yer lad or is he nae?"

"I ken a wye tae *makk* him ma lad," quo Kate Murdoch o a suddenty.

Tither twa cockit their lugs. Fyles, the clachan quines caad Kate the Professor, fur she wis ay powkin aboot amang auld buiks. A waukin encyclopaedia, richt eneuch.

"Sabbath neist's the equinox," she fuspered. "Merch 21st."

"An fit's yon equinox fin it's at hame?" speired Ruth Ledingham, mystifeed.

"Mebbe naethin. Mebbe aathin. I"ve bin readin a buik screived bi the first Sgian o Sgian."

At yon name, baith listeners sat upricht an tuik tent. The first Sgian o Sgian hid bin the maist feared, the maist wechty warlock in the hale o Scotia – ay, in Britain tae, fower hunner year syne, an he'd bedd less than twa mile frae far they war hunkered doon. Frae the founs o Ben

Ledrach tae the dowie Loch o Sgian, he hid terrifeed aa the fowk o the kintraside. Sib tae the Deil hissel, the warlock's cantrips were legion. He cud reist a chiel wi ae glower. He cud birssle a hairt tae aisse wi ae touch on a breistbeen. He cud founer hale herds o kye bi blawin inno a wee siller bowlie reamin wi fey herbs. Beeriet he wis in the wee kirkyaird o Sgian, hard bi the pleisur park far the lassies foregaithered, lat inower the hallowed grun efter a pyot an a craw focht fur his soul. The pyot won, the pit-mirk soul wis sained – tho fowk said he wis anely pit yonner because the meenister hid bin ower feart nae tae open the mools o the kirkyaird tae lat the warlock laird bide there.

"Fit hiv ye read, Kate?" speired Tracy Mowett, her interest kinnled.

Kate raxxed oot ae haun afore she spakk in a fusper:

> *Fin the winter nichts growe lang an cauld,*
> *Strange tales of the warlock laird are tauld.*
> *Halflin or herd, be they e'er sae bauld,*
> *Grow airgh fin they hear o Sgian.*

Ruth Ledingham leuch nervously. "Even I ken yon auld rhyme. Cauld kail hett again!"

"Ah," quo Kate, "bit did ye ken he set his spells doon in an auld buik that they hae in the toon library, in the neuk set aside fur the blaik airts? An did ye ken that on Merch 21, at the Vernal Equinox, the pouer o the auld magic is at its heicht?"

"Fit kinno magic, Kate?" speired Tracy Mowat. "Spells tae makk ye bonnie?"

"Aa kinno spells," cam the repon. "Bit the maist pouerfu is a luv spell, tae bind yer luver tae ye foriver an ay, gin he wints ye or no. Aa I need is a cuttin o Gavin's hair, an anither twa quines tae spikk the wirds frae the buik wi me at the Vernal Equinox, far twa watters meet bi meenlicht."

"Merch 21," quo Tracy, thochtfu-like. "Yon's this Sabbath. The daunce is on Setterday nicht. Mebbe ye'll nae need a spell an a magic buik. Mebbe Gavin MacInnes'll sikk tae wauk ye hame on Setterday wi'oot ony warlock's witcherie. Gin he disna, dinna fash yersel. His hair's tae be cuttit at the salon the morn. I can easy fetch ye a tooshtie. Naethin easier. Tho I dinna believe a wird ye've said – it's aa styte an havers tae my wye o thinkin."

Bit MacInnes didna sikk tae wauk Kate hame efter the Setterday daunce. He flytit an smooriched aa nicht aneth her verra neb wi the blaik-haired, plooky-chikked cook frae the howf bi Nether Logie.

"Niver gee yer ginger," quo Tracy Mowett. "I hae the tooshtie I promised. Is't on fur the morn's nicht? Far dae we makk the spell? Fit time div we meet?"

"Hard on the chap o midnicht we makk for the place far the Burn o Ledrach rins inno the Loch o Sgian, far twa watters meet aneth meenlicht. We'll foregaither at the pleisur park first, syne wauk doon thegither. Myne, ye maun tell naebody fit's planned, or the spell tynes aa its fushion."

Neist nicht, the Sabbath meen raisse caller an eildritch, glimmerin like the muckle siller Kirk ashet that held the Corp o Christ on Communion days. The three lassies tip-taed frae their hames an creepit ooto the clachan o Ledrach like licht-fittit hairst moosies. Kate Murdoch cairriet a buik an a caunle in the foun o her jaiket pooch. Tracy Mowat grippit the cuttin o Gavin MacInnes's hair an Ruth Ledingham held a box o spunks an a flashie-licht. Aa thrie keckled like schulebairns as they steppit alang the tar-blaik, meenlicht road. Nicht souns fleggit them – squallochs that war nae byordnar ben the daylicht drave their herts stounin faist as the Ledrach linn. They cooriet doon, chitterin thegither an glowerin inno whin buss an tree fur fear o guid kens fit, or guid kens fa.

A hauf oor's steady tramp an they'd wan tae the neuk o Logie's wid at the fit o Ben Ledrach, far the Ledrach burn teemed itsel inno the Loch o Sgian an wis tint there fur aa time. Muckle steen gargoyles glowered doon at them frae deid steen een, frae their perch at the tap o the posts at the auld warlock's brig, near haun tae a Greek temple smored amang willows raised bi the laird hissel fur his eldritch ongauns. Mids the muir, the loch wis derk as pitch, as if the verra watter itsel wis deid. Boddomless, fowk said o yon loch, hemmed in wi a taigle o bog an muir an rashie weeds. Statues o wud boars an goats glowered oot frae atween fangs o breem an scratty firs. Ower aa, the glisk o some nae-richt-catched, tail-o-the-ee jeelin frichtsomeness clung like a secunt skin till ilkie dreepin, mossy, meenlicht-oorie branch.

The quines devauled at a sma howe far tinkers hid made a campfire the simmer afore. The flashie's preen-prick lowe gied sicht o a boorich o kinnlers wi an auld tinnie in their mids. Cannily, Kate Murdoch set it upricht an plunkit the caunle inno't, ooto the wheech an sough o the snell nicht win. Ruth, her hauns shakkin, crackit a spunk an the yalla flames lowpit up, birlin roon an roon like the lirks o a strae corn dallie.

"Staun hard bi the caunle, an dinna meeve till I tell ye," Kate fuspered tae the ithers. Brakkin a stick frae a larick, she scrattit oot twa triangles in the grun – the Seal o Solomon. Ane stude on its back, tither heelstergowdie; syne, meevin widdershins, Kate gaed roon them aa wi anither scrat o the stick.

"Nabody maun step ootbye yon ring till the spell's daen. Is't time yet, Ruth?" she speired.

The tallest quine shone the flashie onno her wrist.

"Ay, jist turned midnicht."

"Haud ma hauns noo an wauk aroon the caunlelowe wi me," Kate telt them baith.

As the three cauld figures traivelled slaw aboot the tinkers' tinnie wi its flichterin caunle, Kate Murdoch spakk the weird she'd fand frae yon warlock's auld buik, screived langsyne bi his ain haun inbye his ugsome keep, nae hauf a mile frae the brig.

> *Hoc est enim os de ossibus meis*
> *Et caro de carne mea,*
> *Et erunt duo in carne una.*

Seeven times ower she spakk the spell. The auld Latin wirdies, that meant naething ava tae the clachan quines, war taen bi the warlock frae the Halie Buik – *This is bone of my bone and flesh of my flesh – and they shall be one flesh.*

At the hinmaist time o tellin, Tracy Mowat haundit Kate the cuttin o MacInnes's hair. She flang it inno the caunle lowe, far it birsled an spat an dwined, syne turned tae fizzin aisse.

"There," quo Kate Murdoch triumphantly. "He's aa mine noo. Foriver an ay. Like it or no!"

A duntin, thrummin soun gart aa three stert aboot in fricht. Twis anely a bawd, a muckle fite bawd, its heid cocked sidiewise like its thrapple hid bin thrawed, glowerin at them wi its queer yalla een. Its lugs lay flat tae its back, like they'd bin preened. Ruth haived a steen at the breet an it breenged awa inno the taigle o dowie firs.

"Let's gyang hame,"quo she, o a suddenty jeeled. "This airt gies me the grue."

Neist Wednesday nicht, fan Kate steppit aff the schule bus, she noticed a boorichie o fowk mellin roon the yett o Willie Fraser's grocer's shoppie. Sklaik drew fowk like flees roon sharn. Despisin the gossips, yet smit wi their curiosity, Kate jyned the boorich an tappit John Bruce, a nearhaun fairmer, on the showder. Fit's adee, John?" she speired. "Fit's adee?"

"A coorse business aathegither," the farmer telt her. "Young Tracy Mowat drooned in the Loch o Sgian this efterneen."

The colour drained frae the quine's chikks.

"Twis her efterneen aff, as ye'll ken," the fairmer gaed on. "She fell in tow wi Dougie Tawse frae the Ledrach smiddy, an the Anderson loon frae the dairy, an Jess Duguid frae Bograsherty. They tuik auld Tawse's boat oot fur a turn aroon the loch. Twis smeeth's a boord fin they gaed oot. Flat's a bannack. Jess Duguid said the wave raise up ooto naewye. Made straucht fur them an skelpit inno the side o the hull, cowpin them clean ower. Tracy Mowat sank like a leid kist."

"Mebbe she swam tae the shore?" quo Katie, laith tae think the warst.

"Na," Jaik Coutts, the grieve frae Braedykes chippit in. "We gaed eftir the polis divers tae the loch twa oors by. They fand young Tracy trappit amang yon lang, treelipin weeds at the loch's foun. Wippit ticht roon her queats, they war, like shackles. The divers said ye'd hae thocht somebody'd knottit them, they war wyvit sae thick thegither. It tuik ten meenits an mair tae cut her free."

The Setterday nicht daunce wis cancelled yon wikk ooto respeck fur the deid quine an her faimly. Bit the kirk wis reamin wi fowk on the Sabbath. Ben the pews the hum o spikk wis aa o the tragedie. Auld angler chiels spakk o coorse cross currents in the Loch o Sgian, an minded o tithers fa'd drooned in its deidly watters. Ane or twa auld wives claiked o the warlock an the curse that clung tae his mochy dreich estate like a haar, wi its temples an its briars an its queer steen statues, an said the hale place sud hae bin brunt tae the grun, him wi't, an his orra Loch drained an teemed.

Neist Monday, fan Kate spied her frien Ruth at the grocer's shop, twis as if Kate hid bin nae mair nor thin air. Kate cried eftir her, "Ruth, Ruth, ye canna blame me fur Tracy's droonin. Ye ken fine I wis twa miles awa at the Academy fin it happened."

Ruth Ledingham birled roon, een bleezin. "Dougie Tawse saw a fite bawd watchin them frae the shore, jist afore the wave struck the boatie. A fite bawd, merk ye. He telt the heid keeper, an the heid keeper said that aa the bawds hereabouts tint their fite coats a fyle back this year, bein sic an early spring. The keeper telt him that in the auld days the warlock cheenged hissel inno a fite bawd. Fit say ye tae *that*, Kate Murdoch? Deil kens fit ye've steered up, powkin aboot in yon fey lear. Bide awa frae me. Bide awa! I wint nae mair adee wi ye."

Thon Tuesday nicht, the Murdoch faimly feenished their evenin meal an Kate cleared the ashets inno the sink. She teeted throw the kitchie winnock an drappit the plate wi a splyter onno the flair.

"Da! Da! Come quick! There's a fite bawd oot in the gairden, glowerin up at the hoose!" she skirled.

"Is there tho?" her faither muttered.

Mr Murdoch keepit a shotgun inno the cubbie aneth the stairs. He wyled it oot an ran tae the kitchie door, loadit, aimed, an fired baith barrels straucht at the fite bawd. It wis a clean shot, at pynt blank range. The bawd lowpit awa, nae even scrattit, nae wan hair o its heid as much as pairtit. "Damned if I iver seen the like," her faither banned. "I'd sweir on a stack o Bibles I shot yon bugger fair an square."

He'd scarce brukken the barrel tae clean the gun fin Geordie Duff, his neebor, cam hashin up the path frae his car, hame frae his work on Bruce's dairy fairm.

"Did iver ye hear the like, min?" he cried. "First Tracy Mowat droons in the loch, an noo, young Ruth Ledingham's bin killt bi a larry doon on the main road."

As the chiel spakk, Kate Murdoch could hear the thin skirl o police an ambulance sirens skreichin ower the saft air.

"The driver says she ran straucht oot afore him," the neebor hubbered oot. "She wis rinnin frae a fite bawd, a muckle fite bawd. He'd nae chaunce o stoppin! The bawd wisna merked bi a fusker. Jist lowpit clean awa. Bit the larry struck the quine wi its wheels an killt her ootricht. She maun hae gaen gyte, clean gyte. Fit ill is there in a bawd, efter aa?"

Nae a blink o sleep did Kate Murdoch get yon first nicht. Ben the bowster she tossed her tousled heid throw the lang rigs o derk, till at the hinner eyn she decidit tae takk the warlock's buik back tae the library neist foreneen. She vowed she'd gang tae kirk that Sabbath anaa. Faith, the hale clachan wad gyang tae the kirk that Sabbath, drawn thegither tae the place bi the double tragedy. Mebbe the meenister wad pit aathing richt, wad undae the unchancy wark she'd vrocht, the hotterel o hairm she'd caused. In time, Kate kent, she'd forget thon daft, derk ploy at the lochside. In time, she'd stert tae forget even fit her twa friens luikit like. Thinkin sic thochts, Kate's mind grew quate.

Fin it dawed, the Sabbath wis a fine, warm, sappy day. The blossoms on the geans by the kirkyaird blawed fite as brides in their waddin falderals. Twad be a dowie, dowie service, bit a sainin ane for aa that. The meenister wad gar aabody pray fur the deid quines' faimlies an say oor Faither in Heiven wad luik efter the innocent young lassies noo, that they'd niver grow auld an dweeble, that they'd bide aawyes wi the ither angels, fur angels they fairly war, far ower young tae hae daen ony real ill tae a sowl. An Kate wad pit the hale business ahin her, fur the bairn-like daftness it wis. The double daiths war accidents, jist thon. There war nae sic ferlies as warlocks or the Blaik Airts. Niver wis; niver hid bin. Twis aa blethers, havers, dirt, kintra styte. The fite bawd wis an albino – nae common, bit ye heard o sic things. There wis an albino loon at the Academy, wi a pure fite powe. The ill-vrocht buik wis back on the library shelves an there twad bide.

The sun wis glentin in throw the pented glaiss in the kirk, ower the showder o a kneelin shepherd, a rosy glimmer like the styoo o poppies dauncin ower the air. Kate sat doon at the eyn o a pew, quate an peacefu. Sic a rowth o fowk! The twa bereaved faimlies war doon by, near the front, aside the table. Neither o the twa young corpses hid bin taen fur beerial yet; the polis darg wad takk time. There wis wird tho o a double funeral, the twa young quines tae be laid in the mools thegither. As she booed forrit tae lift her Bible, she felt a tap on her showder. Stertled, she luikit up. Twis Gavin MacInnes – fa'd niver derkened the door o a kirk in his life. He wis luikin at Kate queer-like, as if he wis seein her fur the first time, throwe new een, an as if thon een socht tae ett her up, body an soul, as if she'd some pouer an a haud ower him.

"I'll be twa seats ahin ye aa throwe the service," he telt her. "I need tae be near ye. It's bin growin an growin inside me fur days, this feelin, this wintin tae see ye, tae touch ye, tae be wi ye. Growin an growin till ye're aa I can think aboot, aa I can see. An I ken ye wint me tae."

He sattled back, inno the pew ahin, as the congregation wyted fur the meenister tae cam in, tae bid them wheesht an boo their heids in prayer. Twis fit she'd schemed fur, plottit fur, bi fair means an foul – tae hae Gavin MacInnes in her thrall foriver an aye. Bit noo the spell hid wirked, an the chiel wis chyned tae her, soul tae soul, fur aa the days on the eird they'd wauk abeen it. She kent thon, jist as she kent the sea wis blue an the girse wis green, jist as she kent that she wad grow tae loathe sic dogged adoration, sic servile luve. He wad trail ahin her aawye like a shadda. There'd be nae wye oot. He'd stalk her like a stoat hunts a moose, niver swervin, niver lettin up. Even in the hairt o the kirk, the warlock's curse held guid. Luikin roon at the timmer door, open fur the hinmaist o the flock tae jyne the body o the kirk, far the warm sun streamed inno the aisle throw the scentit spring trees, her skin crawled wi hens' flesh. Staunin in the mou o the yett, its heid cocked sidiewise like somebody'd thrawed its thrapple, wis the muckle fite bawd frae the shore o the Loch o Sgian, wi the warlock's curse thirled tae its cruikit hairt.

MILLENNIUM MOGGIES INC.

May I help you, Madam? I'd be very surprised if I couldn't! Here at Millennium Moggies Inc. we offer designer pets, tailor-bred to suit your every need. These Outer Mongolian wolf hounds, for example, are part of our *Gut-Buster* range, top-of-the-market canines specially reared to pace the jogging businessman or woman of today. Surplus cellulite need no longer be a problem. No coronaries after you've done ten laps round the park with Attila here.

    Executive stress? Then stroke it away with one of our *Relax-a-Puss* purrers. Cats, you know, provide the maximum pleasure for the minimum input. No walkies, no poop-a-scoops, just pop them out at night and take them in again with the milk. If you purchase a low-level, easy-access bird table, you don't even have to feed them. Nature will stock the larder for your furry friend. They're clean, they're self-reliant and they solve the Pied Piper of Hamelin problem – vermin to your average punter.

    Our Rent-a-Pet service, Madam, is extremely popular. Nothing impresses a potential client more than the sight of an animal-loving male. This service is especially liked by parents – six months' trial rental with the option of buying the animal thereafter. Or not, if things haven't worked out. Rejects can be recycled for transplants, or research specimens, or even deep space exploration.

    We offer a selection of Japanese cyber-pets for the technically minded amongst you but silicon-chipped quasi-pets, mind you, aren't top of the league now for the latest cult followers. No, sirree! The pot-bellied pig's first past that post by a long way. When it grows too big for comfort, you can always eat it. I'm told they're very nice marinaded and served on a bed of Seville oranges. I defy anyone to make a stew out of a cyber-pet!

    Many of our most discerning owners like their pets to complement their fashion sense. Haute couture models feel, I believe, an affinity with whippets – the anorexic, *gamin*, emaciated look, like trotting toast racks, lean and loping. Or maybe a functional animal is more to your taste? Is the lawn getting too much for you? Our Cretan goats are guaranteed to crop your greenery down to Wimbledon standards, short as a G.I.'s crew-cut.

    No? Well, might I suggest a hobby-pet. What did you say, Madam?

Hobbies are for people who keep their anoraks on inside the house? Very droll, madam. Actually, I was going to bring your attention to our range of Afghan hounds. They moult prodigiously, all the year round. Hoover up their castings, card it, spin it and before you can say Giorgio Armani, you'll have a sweater industry as well as a canine chum. Our fox hounds and retrievers are golden oldies in the popularity stakes, I always say. You can't ride after a fox at the head of a flock of sheep, now can you!

What about an economy pet, then? Economy pets have their positive side. Our boa constrictors need feeding only once a month, for example. As long as you don't forget. I usually suggest meal-times should coincide with our lady customers' menstrual cycles. No? Yes! Well, snakes *have* had a bad press over the years, what with Cleopatra and Eve. A stick insect, then? Just the odd leaf or two keeps it going for days. No? Too Spartan, too Zen, d'you think? What about an enigmatic pet? For the outrageously lazy or outré client, we have a supply of cocoons. The ultimate conversation piece. To add to the mystery, we don't tell you what kind of little being is actually in there. No, indeed, it's an absolute genetic lucky dip. You pays your money and you takes your chance, so to speak. Some clients have their cocoon monitored constantly on CCTV, so as not to miss the moment of transformation into a winged entity. Others have their cocoons' discarded husks cast in bronze, like babies' booties, or infant teeth on a string, just to recapture those happy early days.

Interested in energy-saving? Gerbil-power will generate a small battery. A simple kit can rig your gerbil's wheel up so that exercise time for them can be viewing time for you. A daily burst on its wheel can power a whole episode of Coronation Street. Tired of soaring petrol costs and pollution? Well, our husky teams and sleds are proving more effective than Porsches for manoeuvring the traffic jams. When taxis overtake, you can catch up with them at the next set of traffic lights, and let the huskies relieve themselves on their hubcaps. The ultimate in road rage pleasure. Ben Hur's chariot race in miniature! A Boadicea amongst the Fiats!

Our New Age department, I may say, is fanatically busy at the moment. Various local covens have expressed an interest in our black cats, and a Voodoo witchdoctor from Chelsea was delighted with a black cockerel we sold him last week. Dolphins, whales, tarantulas: here at Millennium Moggies Inc. we sell any pet, for any taste, to suit all pockets. The customer, Madam, is invariably right.

Did I mention our after-care service? Yes, Madam, it's second to none. We can provide kennelling, pet-sitting and psychotherapy for the anxious animal, not to mention dog-walkers for the incurably idle owner. Is Fido on his last legs? Don't upset yourself. We can clone him. He's already dead? Our taxidermy sector will stuff and mount him in his natural habitat. He's out of condition? Then just invest in our state-of-the-art gym equipment. Rigor mortis set in? Not to worry! We have a most tasteful pets' cemetery, and our very own pastor provides a funeral service in keeping with the religion of the creature's owners. Some animals of course are venerated as totems; others some are part of the family. I know of one parrot owner who had her pillow stuffed with the deceased bird's feathers, so they would always be close to one another.

Pensioners on low incomes, Madam, are very partial to our Scottie dogs. They make excellent foot-warmers. An unclipped Scotty dog is cheaper to run than an electric blanket. It functions both as an inbuilt companion and a burglar alarm. Show me the electric blanket that can rip a burglar's trousers, if you can, Madam!

What about our *Cheap 'n' Cheerful* second-hand creatures then? Our mongrel cuties are always a hit with the kiddies. We deliver them gift-wrapped for birthdays. Do we accept trade-ins? Not as a general rule, Madam, but I must say you *have* kept your tortoise in mint condition – low mileage, one owner. Ha, ha! It's a pity that your little girl painted blue flowers all over its shell but, as you say, the paint *is* luminous, and therefore it's easier to locate the little chap when he lumbers off into the undergrowth in search of other chelonian company.

It's a real downer, isn't it, the way that most animals are driven by their groin? Our neutering service, now, is second to none – no nasty spraying or secreting of nauseous substances after the snip. They don't mind, really. It makes them better-natured. We cater for their cosmetic needs, too, in our pet's beauty salon for positively peachy pooches. For an extra fee, we'll paint their toenails as well as clip them. Our *Crufts Makeover and Massage* service is a howling success with all our canine clientèle.

Then, there's the house. Oh, he *must* have his own pied à terre, Madam. The brown plastic igloo there is a recent import from our Eskimo branch in the North of Canada. Very, very popular with Rottweilers. No, they don't enjoy a very good press, do they, Madam? But what self-appointed vigilante's going to follow a Rottweiler up that small dark tunnel to remonstrate with him if he's inadvertently gnawed the odd neighbourly ankle or two?

Your pet will be living in the family home, Madam? Flea collars are over there on the stand, alongside a wide selection of toys. We do recommend toys. It's always so much better if your pet chews a plastic bone in preference to one's Chippendale chairs. And of course, accessories are a complete *must*. Pit bull terriers look very macho with a leather-studded collar – the punk image. Poodles, now, are much more chic with jewels set around the collar. Body-piercing? Well no, apart from the odd bull, it hasn't caught on in a big way in the animal world. Some tortoises have benefited from a regular dash of moisturising cream to fight off the wrinkles, and large dogs are definitely enhanced by swilling a daily mouthwash round their gums.

No dog leaves our premises without his or her personal *Poopa-scoopa*. Yes, I *know* the earth benefits from our pets' natural excretions but there isn't a great deal of Mother Earth on the average pavement, is there? And we don't want a fine, now, do we? Or worse, a visit from the *clype* brigade? I can tell you horror stories, Madam – yes, *horror* stories – of clypes who have lifted a pet's calling card and followed the owner home, just to post the offending article through the letter box with a note stating, "returned to sender."

What's that, Madam? You don't like the sound of that Alsatian? He's growling? Why whatever gave you that idea, Madam? He's merely clearing his throat. Which reminds me, muzzles are first on your left, directly above the packets of Dotheboys' Doggie Chewits! Why not purchase one on your way out?

NOTHING PERSONAL

It was the nipple-pink cherry on the empire biscuit, resting coyly upon its doily-covered plate below the glass counter of the Art Gallery coffee shop, that reminded Simon Chisholm of the incident. It had been his first day at Art School. Years of wishing and waiting to be grown up – to be a real artist; not just playing at it but about to begin climbing up from the bottom rung of the ladder. At the next easel, a fisherman's son from Fraserburgh, Dougal Duthie by name, a raw-cheeked boy with a tangle of thick dark hair reaching down over his thick woollen ganzie, had emptied his satchel in readiness to start drawing in the oppressive September heat of the art room.

Awkward yet excited, the class members had made perfunctory introductions to one another before the senior lecturer, Daniel Vaughan, strode into the studio, tall, rather gaunt and brisk in his manner, the one eccentric note a sprig of violets in his lapel. Otherwise, he could have passed easily for a city civil servant. Yet for years he had been something of a living legend amongst the student population and his credentials were whispered again as the youngsters pegged up cartridge paper or selected the right pencils for their very first life-drawing session.

> *He was on first-name terms with Miro, you know . . .*
> *Very influential on the Continent, they say . . .*
> *Refused to be an RSA – said it would label him a conformist . . .*
> *Heard he had ten mistresses . . . Twenty, more like. . .*

Simon had just begun to sharpen his pencil when his neighbour, the fisherman's son, gave a sharp intake of breath.

"Fit on earth are we meant tae *dae* wi her?" the young lad blurted out. It was a stupid but perfectly innocent remark, a youngster's gut reaction to the shock of seeing his first nude. The model had slipped off her green silk robe, and it had slithered to the floor like a spill of oil. She sat, naked as nature intended, her flesh sallow, almost olive, dusky shadows defining the hollows of her collar bones: an angular yet elegant middle-aged woman, with long greying hair tied in a bun

Unfortunately, Simon Chisholm had not been the only one to

overhear the remark. Daniel Vaughan crossed the room like a gliding crane, bent down and spoke in a stage whisper, mimicking precisely his student's North-East dialect: *"Dae* wi her? Fit are we meant tae *dae* wi her?"

The class tittered nervously, dutifully acknowledging their lecturer's sense of humour.

"Why, dear boy, should we not turn her upside down, eh? Would that be better? Why don't we persuade her to part her legs and use her as a human catapult? Why not *dae* that wi her, eh? Or let me see. Maybe we could baste her in lard, deep-fry her and serve her wi chips!"

Vaughan began to warm to his theme, deriving accustomed pleasure from playing to an impressionable young audience. He also had the satisfaction of seeing the boy's blushing discomfiture. Walking towards the statue-still model and pacing around her like some predatory carnivore, he suddenly turned to address the class as a whole.

"Why don't we just clean our brushes on her?" he suggested, with a histrionic sweep of his arms. "Use her as a hat stand perhaps? She could even lie down and plug that draught from the corridor," he continued, swooping low with a mischievous, poisonous pleasantry over one young giggling female student. Then, like a cat who has played with a mouse and suddenly tires of the game, he dropped the subject and instructed the class to begin work. For the next half hour, nothing was heard but the scuff of lead as thirty pencils measured and shaded, poised and drew, paused and restarted.

Simon had been totally engrossed. Drawing sucked him into a separate world where other things ceased to exist and nothing mattered but the image he was creating. Working at such intensity was draining though. He laid his pencil down, leant back, narrowed his eyes, and heaved a satisfied sigh. Yes, he had made his statement; the drawing could not be improved on; it was as perfect as he could personally make it.

Daniel Vaughan circled the easel for a moment like a male ballet dancer. Then he stopped in mid-twirl and turned up his lapel to sniff the tiny heads of the violet nosegay. He stood behind the boy, looking over his shoulder.

"Finished, Mr Chisholm? And who might this ravishing creature be? Do introduce us. I've never had the pleasure of meeting this lady.

She's certainly not the one seated before us all on the dais. Might she be the Aphrodite of Tillydrone? Or have you been commissioned by *War on Want* to depict Third World deprivation in all its horrors?"

Simon glowered at his tormentor. Mr Vaughan's guns were not to be spiked so easily, however.

"Ah, I see from your expression that I'm well wide of the mark. Do enlighten us," purred the lecturer suavely. Simon noticed that he had a gold filling on his front tooth, and that his breath smelt of garlic. Childishly but compulsively, he fantasised his teacher's CV:

> **Daniel Vaughan** *(1929-   ).*
> *Artist, iconoclast, lecturer and polymath;*
> *Born of a leopard out of a hyena;*
> *Educated at the University College of Dog-eat-dog;*
> *Lycanthropic at full moon.*
> *Violet fetishist . . .*

Mid-way through Simon's ruminations, the lecturer clapped his hands and literally gave a nimble skip of delight.

"Eureka! I have it! She's a creature of your own fertile and somewhat bizarre imagination. You have incarnated her, like a unicorn, for our collective delectation. But it *won't do*, Mr Chisholm, it simply *won't do*, will it? It's not from life, you see. Is it? The woman whom you see before you is the subject, the clay whereon you work your mimetic art. That woman is a collection of colours and tones, of textures and tinctures, rhythms and patterns. She is your challenge, dear boy, as much as that doorknob would be a challenge to you. If I asked you to draw a doorknob, I'd expect to see a doorknob. If I asked you to draw that easel, I would hardly expect to see an easy chair, would I?

Vaughan suddenly broke off and turned to the young fisher lad: "And as for you, Mr Duthie," he snapped, "if that woman were lying on an operating table, naked as she is now, and you were standing, scalpel in hand, I trust you would not say, 'Fit are we meant tae *dae* wi her noo?' If you were a surgeon, you'd treat that woman as a patient. And if you ever hope to become a professional artist, that woman there should be as personally interesting as a lump of dough. The fact that she may be someone's mother or sister or lover or friend or enemy is wholly irrelevant to your task."

For the first time, Simon felt some respect for that odd, sarcastic man. For some time now, he had come to regard Art itself as mother, sister, lover, friend and enemy. Total commitment had meant just that degree of intimacy. And he had been wholly wrong! He must learn cold detachment. Intimacy was a messy, dangerous business.

For all that moment of revelation, Simon Chisholm's subsequent artistic career had been less than spectacular. After graduating, he had gone to work in the graphics department of an oil company, creating images on a whirring, whining, whingeing computer screen.

"I'd have thought you'd have liked the job – Sci-fi art, art of the future," a colleague said to him once. "Clean, pure lines. No mess."

"It's rather like taking a bath with your socks on," Simon had answered after a pause. "It's like having sex with an inflatable doll. A pursuit for weirdoes: artificial and unsatisfying; clean but nasty. It's artistic telephone sex – you don't get to touch, not directly. There's no magic in it. It's calculated, mechanical, flat. But it pays the bloody bills, doesn't it?"

He had been surprised at the bitterness of his outburst. But then, there had always been the consolation of words. Over the years, people had told him that he had some small talent for writing. It wasn't *proper* writing in the sense that most people consider it. Word pictures rather, concrete poems, language sketches, silhouettes in sound rather than paint. Because people could readily see his word pictures in their minds, they had proved modestly popular. As Mr Vaughan had counselled him to do when he was a student, he pencilled in all his characters straight from life.

In fact, one of his best compositions had been drawn from that very Art Gallery coffee shop. He had dropped in one day after visiting an exhibition, had been sitting reading a newspaper and savouring his drink (they made exceptionally fine coffee there) when a woman staggered in from the street, very dirty and very drunk – much in the style of the *Absinthe Drinker* by Degas that he'd so much admired as a student.

Her eyes were intensely black, Indian-ink black. Her mouth was a vivid purple slash – tricky to make such a colour on the palette. In words, it was easier. Beetroot. Yes, that was it, the colour of beetroot. And of course, it was impossible to convey the stench of her flesh on the canvas; it took words to describe that. The smell from the variegated contents of a rubbish bin were the closest approximation to the odour that clung to the woman like a leper's weeds. In a Berlin gallery, they could have described her, at a pinch, as *a happening*. But here –?

Seemingly oblivious to her surroundings, the woman lurched from table to table pleading for money. She was so drunk as to be quite incoherent, but there was no mistaking the desperation behind the ragged clutch. It was the universal misery of beggardom. Douce, sober citizens, who had come into the coffee shop to talk quietly with friends or simply to sit alone, like Simon, in pleasant, aesthetically uplifting surroundings, were appalled and shooed the beggar away self-importantly.

"Is nowhere safe nowadays?" one woman muttered. "Really, you'd expect that sort of unpleasantness in the back streets of Cairo, but not in the Gallery of all places! God, she stinks like a brewery!"

Intrigued, Simon had sat back and watched, as the gallery staff had quickly and efficiently summoned assistance.

"Come awa noo, lass. Nae nonsense! Oot ye go," a burly male attendant muttered, as he fixed the woman resolutely beneath one arm and steered her into the street to muttered expressions of disapproval from the customers, angry at having had their privacy ruffled. The object of their anger went quietly enough at the end, like an oil-slicked albatross that had emerged on a shore filled with indignant walruses, who bellowed angrily but refrained from actually resorting to violence.

The incident had inspired an excellent poem. And the analogy with Degas' *Absinthe Drinker* was a gift, so striking it had been. In some art galleries people actually paid money to admire Hogarth's *Gin Lane* or to study innumerable depictions of death, violence, rape, murder and drunkenness, displayed behind glass with perfect decorum. People liked to view such scenes taken from life but not to witness them in real life. For Simon, real life *was* the canvas, and he was the observer, the one who watched; who took the suffering and *angst* and despair from the living body and wove it into words – professionally, just as Daniel Vaughan's words had taught him. He had read that very poem at a small literary gathering two weeks last Thursday. One tall, red-haired man at the back of the hall had lifted up an arm at one point, as if about to interject a comment, but had remained silent.

Simon stretched out his hand to take the empire biscuit from the plate, then stopped. It reminded him too vividly of the model's breasts those long years ago. He hunted in his jacket pocket for loose change, paid the girl at the till and sat down, nursing the coffee in his hands. The rich aroma curled into his nostrils. The first sip was bitter but enjoyable. The next customer at the counter crossed the floor and joined his table. To his surprise, it was the tall, red-haired man who had been at the poetry reading. Presumably, the man wanted to compliment him on the reading. People occasionally did.

"That poem you read, the one about the drunk woman. It happened in this coffee shop, didn't it?"

There was something about the man's tone, something flat and hard and damaged, that alerted Simon Chisholm to the fact that he might not be about to receive a compliment after all.

"I suppose you think you're bloody clever, Mr Big-Shot Writer? I suppose you thought, 'Stupid, drunken bitch, I can write what I like about her. She's too far gone to know'."

Simon Chisholm shifted uncomfortably in his seat. He loathed scenes. He was going to have to get up and leave – and after he'd paid for his coffee too. However, his unwelcome companion had not much more to add.

"That stupid, drunken bitch you wrote about was once the matron of a hospital, in charge of ten wards. I can't tell you how many people she helped in the course of her life. Who have *you* ever helped, you snotty little supercilious bastard? What good have you ever done? Scribbling away like a vulture, picking over the bones of peoples' misery. She wasn't always like that, you know. Her father died. Then her younger son was killed in a car smash." Abruptly, the man stood up, conscious that heads were turning and that people were furtively looking at him from behind their newspapers.

Simon Chisholm looked coolly at the woman's elder son, for such he took him to be. "Nothing personal," he said. "Art isn't personal, dear sir. It transcends all that. It's above vulgar emotion."

As he returned to his coffee, he mulled over how best to utilise the varied material that had presented itself to him during that brief but lively encounter. That tall, red-haired man had quite an interesting face, curious features, unusual colouring – a very good model, in fact. A very good model indeed!

LAMMAS

Heederum, hoderum
Hairst wins are blawin;
Lammas is gowden corn,
Fairs an pipes blawin.

Kissin an coortin,
A blether, a dram;
Heich-steppin sheltie
An prize-winnin ram.

Heederum, hoderum,
Watch the horse rin!
Hear its hoofs thunnerin,
Faist as the win!

THE SMILING HORSE OF TROY

Rain meandered slowly down the bleary, gummy windows of the chill parlour like a child sliding half-heartedly down a bumpy, uneven hill. The trickles of water would join to form tiny tributaries, before diverging erratically like trails of broken lightning. Kneeling on the kitchen chair beside the largest window, little David Morrison hoisted his podgy forefinger and began squeakily to draw a rotund yet recognisable cow on the misty surface. A puff of soot coughed from the chimney, splattering the hearth with inky specks. And such a wheezy, feeble fire it was, with its two or three lumps of coal seemingly huddled together for warmth like imps with a dose of flu.

The child shivered and fidgeted in his chair. Usually, he would have been warmly wrapped in old cord trousers and baggy woollen jersey. Today, for some reason not yet made clear to him, he had been dressed in short blue trousers that exposed his knobbly knees like two round moons gleaming under the stretched skin. Then his mother had buttoned him into a starched white cotton shirt that cut into his neck as if a halo had dropped from above and was intent on throttling him. She had also knotted a strip of coloured cloth around his throat quite tightly, telling him that it was a tie and that, now he was four and almost a big boy, he would often have to wear one. It straggled over his chest like a limp snake, not unlike the halter that the bull, Beelzebub, always wore when Uncle Dod led him out from the byre on a Sunday, after the family had arrived for their weekly visit to the farm.

Both Morrison parents were of country stock and town life needed the added spice of a regular return to their rural origins to make it tolerable. Like a nest of weasels, they settled uneasily into the urban environment but tholed it for little David's sake. Good job opportunities, reasonably cheap housing, a decent education and a future for the Morrison line made up their vaguely articulated reasoning. Such considerations were naturally lost on the little boy. His mother kept him close to the house like a sheep in a pen, letting him out only when his sweating hand was firmly in her grasp. Like some exotic hot house rarity, he was carefully protected in a carefully regulated, uncontaminated environment.

The language spoken within this family cocoon, however, was exclusively Doric – the rich, rolling Scots of the north-east. The soil that nurtured David was a rich loam of traditional bairn-song and myth. Whenever he was taken out, it was to replace one cocoon by another – the family car. And the car only pointed in one direction when David was in it, always heading out of town and shaking off the grime and constriction of the congested, noisy streets like a collie emerging jubilantly from a dip in the water. The child's one glimpse of the wider world came on a Friday, when the veggie mannie's cart clattered up the cobbled street behind the veggie mannie's huge shire horse. And today, he suddenly remembered, was a Friday.

"Dauvit!" his mother cried. "Rin ben the lobby wi Mam's purse like a fine loon. The veggie man's sheltie's at the door wytin. Hash on noo!"

The child wriggled from his chair like an eel, snatched his mother's purse from the table and raced through the long narrow lobby, seizing his mother's hand as she sallied forth, down the five granite steps to the puddle-pocked pavement. There the veggie man handed David a carrot for the horse, while Mrs Morrison went to the rear of the cart to select her weekly ration of fruit and vegetables. These provisions all came fresh from their own kinsmen's fields: Duke of York tatties from cousin Neil at New Deer, sweet mauve neeps from Uncle Dod at Skene, golden brown eggs from cousin Belle at Tarland with the straw still sticking to the shells, and bronze liquid honey from Aunt May's hives in Birse. A countryman from Turriff, the veggie man wore a flat tweed cap and a cracked waterproof cape. A knotted hessian sack round his broad waist served him for apron and his hands, as they handed the carrot to David, felt rough and hard. Deep hacks bit into his fingers, and the fingernails that weighed the fruit on the tin scales and flicked open the paper bags were half-moons of midnight black.

"G'wa an feed the cuddy," the veggie man told the boy. "He's a guid, quaet breet. Nae mony shelts staun as still's Auld Waltams yonner."

Auld Waltams rolled his hairy top lip back and snickered, baring his great yellow teeth to accept the proffered treat. As his lantern jaws crunched sideways, making the slack skin at his throat wobble, David ran his hand over the oily, powerful neck and under the long, black, tangled mane. To him, Auld Waltams was a cuddy or a shelt. He had never heard it called anything else. His mother emerged laden from the tail of the cart.

"Fit aboot a dizzen fine dyeuk's eggies fur yer man?" asked the veggie man slyly as Mrs Morrison made to leave. "Fresh frae Turra this verra foreneen?"

The little boy tugged his mother's sleeve. "Go on, Ma," he cajoled. "I like dyeuk's eggies."

Cousin Neil at New Deer kept ducks and geese in his farm pond – great, white, ungainly waddling birds that wobbled from side to side like drunken skippers in convoy around the farm yard. Whenever David had visited there in the past, he had been allowed to feed the dyeuks and for reward had been given for his tea a beautiful pale green egg in a wooden egg cup, together with a shining horn spoon. Cousin Neil had sliced the head off with his pen knife and the bright yellow yolk had spilled over the sides like nectar. "Free range," his father had observed. "Ye canna beat free range. It's nae life fur a bird, bein hickled up wi ithers in a battery."

"Jist like yersels in the toun, eh, Chae?" Cousin Neil had joked. But neither Mr nor Mrs Morrison laughed at that remark. Somehow it had spoiled the visit.

Once the veggie man had been paid, and Auld Waltams had clattered on up the street with his iron shoes drawing sparks from the stones, Mrs Morrison led her small son back into the house to smarten him up still further.

"Noo, we're gaun tae veesit a very nice lady the day," she informed her son. "An ye've tae answer aa the questions she speirs o ye, like a fine loon, an nae hae her thinkin ye gypit."

Then David's mother passed him over to his father, to go over his naming of colours, whilst she put on her going-out face. This special face came out of a small plastic bag that reeked of scent. She performed the transformation in front of the parlour mirror, contorting her mouth into oos and aas as she smeared a thick buttery substance over her lips. Once her mouth was suitably incarnadine, her cheeks made as powdery as a red admiral's wings and two pink dabs of rouge had been carefully added, she began on the preening of her hair. Meanwhile, Mr Morrison got down to the serious matter of expanding his son's education.

He lifted a cherry from the fruit bowl. "Fit colour's this, Dauvit?"

"Reid, Da," came the reply.

"Aye, that's braw. Clivver laddie!" His father bent to the cardboard box of toys, that sat in the corner of the parlour. He fished around for a moment before raising aloft one of his son's favourites.

"An fit aboot the grumphie?" he asked, dangling a pig before David's gaze.

"Yon's a fite grumphie, Da," laughed the child. He particularly liked the grumphie; it reminded him of Aunt May's albino grumphie, Sotters, at Birse – a huge, hairy and very intelligent beast. Sotters was also very docile for a pig, allowing David to ride cowboy fashion on her back while he fired pretend bullets from his silver cap gun. Next, his father drew from the box a handful of small plastic birds.

"Chukkens!" cried David, warming to the game. "Fower yalla chukkens!"

"Ken this?" remarked his father proudly. "Yon wumman'll think yer a secunt Einstein!"

Then, seeing that one his son's curls threatened to spoil his immaculate image, Mr Morrison spat on his hand and flattened the offending lock.

"We mauna hae a coo's lick spylin yer luiks."

Suddenly, a shadow fell across his face, like Cousin Neil's fields when the sun hid behind a cloud. "Mind, Dauvit, a lot hings on foo ye win on the day. Gin ye dinna tell this wifie fitiver she sikks tae hear, she'll nae let ye jyne her skweel. An if she disna let ye jyne her skweel, ye'll hae tae wauk miles an miles tae anither skweel hyne awa. Ye'll hae tae spikk up weel."

David's father had never addressed him solemnly like this before. He had seldom met anybody outwith his close family and was warned not to talk to strangers, who either ate you or terrified you out of six month's growth. And even at Cousin Neil's, or Uncle Dod's, father had always told him *not* speak in company.

"Littlins should be seen an nae heard," his parents always admonished him. Now, today, they seemed to be telling him the exact opposite.

On matters requiring a representative from the Morrison family to appear in the flesh, Mrs Morrison played the dominant role. Chameleon-like, she changed her linguistic colours to suit the hue of the social context and could discard her Doric as easily as a snake sheds its skin. Mr Morrison, however, was quite unable to do so. His palate seemed constitutionally unable to articulate the English sounds. Nevertheless, David was unaccustomed to hearing even his mother speak in *proper* English. So he jumped in surprise when she suddenly cried, "David! Straighten your laces at once!"

Thrown by this sudden shift in dialect, he stood immobile, staring at his mother and wondering why she should be speaking with those strangulated words.

"Dauvit dearie, strauchten yer pynts," his mother wheedled, wisely lapsing into the familiar Doric once more. She produced a blue blazer, buttoned him into it, and led him once more to the door.

"It's nae far," she said, as they left the house hand in hand and tramped through the wet streets. Her legs covered the distance with long, rapid strides, while little David's feet went pit-pat, pit-pat, pit-a-pat like a racing heartbeat, struggling to keep up with her. After a brisk five minutes' walk, his mother slowed down as they reached the door of a huge, sprawling granite building. Two or three stunted bushes were boxed into a small strip of grass that bounded it like a monk's tonsure. One solitary starling sulked on a wet, black elm.

David's palm, gripped tightly by his mother, began to ooze sweat like a wrung sponge. Mrs Morrison rang the bell and far, far away in the interior wastes of this alien edifice a weak sound echoed. Feeling like a fish out of water, David gulped and swallowed hard. Then he screwed his toes up and rolled them under inside his polished shoes. The starling stared coldly at him, its aggressive beak, sharp as a dart, pointing straight between his eyes. The echoes of the tinny bell were replaced by the metallic clink of high-heeled shoes, approaching smartly. The big blue door yawned open and he found himself staring into the brass buckle of a lady's belt. His eyes travelled up, past a plain cream blouse, to the equally plain cream face of a woman of forty or fifty, with greying faded hair pulled severely into a bun. She was tall, very tall, it seemed to the little boy, and she made him think instantly of a giraffe.

"Mrs Morrison, I presume?" the giraffe asked loftily. "Allow me to introduce myself. Miss Helen Troy. And this – the voice descending into a weak attempt at ingratiating – "will doubtless be young David. Just you leave the little chap with me, Mrs Morrison. Call back in half an hour. We'll be finished by then."

"Mummy's going to leave you now, dear, with this nice lady," said

David's mother, who was suddenly *not* his mother but a very different person indeed. Unable to comprehend the change, he stared at her as if she had suddenly turned into a pantomime dame. Like Hansel and Gretel, he was about to be abandoned to nameless dangers. The pantomime dame, however, was not going to take leave of the giraffe so easily.

"I'm quite sure he'll pass your test," David's mother whispered. "If he doesn't, the other schools are miles away. And the town's so busy and the roads are so dangerous."

Miss Helen Troy gave a dismissive wave of her hand. "I appreciate all that, Mrs Morrison. But the school has standards to uphold. Our places are much sought after. We can afford to be selective. Rest assured, however, that the test is completely fair."

David stood like a tennis net, while the ball of dialogue was volleyed back and forth in fast, clipped English between the two combatants far above him. When his mother finally turned and left, Miss Troy grasped his hand and purposefully steered him into a narrow, dingy room with a lone window overlooking the stunted bushes in the grounds, which by now were dripping dankly with rain. The room was unheated and contained only a long, low table, with one child-sized seat drawn up to it, and an adult-sized chair nearby where his inquisitor would sit. On the thin blue carpet, over in one corner, reclined an ancient teddy bear, regarding him glassily with a disapproving eye.

"Sit down now, dear," said the giraffe. "Make yourself comfortable."

Miss Troy, David decided, was a Radio Person. The only people he knew who spoke like that lived inside the radio. He had always thought they must be tiny people, real midgets – but maybe they only shrank when they went back to work inside the wireless. He hadn't realised they could exist at all outside the radio. He wondered if there were many of them and, if so, where they all lived. He decided that they probably all looked like Miss Troy, emaciated and wan, like dried-up straw.

The woman opened a wooden chest and set out a series of animals on the table before him. "Now, dear," she lied, "We're going to play a little game. I'm going to say an animal's name, and you're going to point to it, to show me you know which one it is. That's a nice game, isn't it?"

Miss Helen Troy produced a booklet with rows of boxes on each page and rummaged for a fountain pen in her leopard skin handbag. She then poised the inky tip with its slit nib over the page, ready to mark off the scores.

"Cow. Show me a cow," she demanded. The boy sat, swinging his legs sullenly. He didn't like this Radio Person. He didn't like strangers at all. And no adult had ever asked him questions like that before. It was a silly game. Adults knew the names of everything. Why then, did she have to ask him the answers? She was a *bad* person. She was trying to trick him. There wasn't anything called "cow" on the table. David had never heard the word "cow" used of anything in front of him. On the table, there were a coo, a grumphie, dyeukies, chukkens, yowes, a tyke, a kittlin and a cuddy.

As his silence stretched into truculence, Miss Troy's patience became strained. "You're not trying, my dear." she badgered him. "Well, all right; we'll try another animal. Show me a sheep."

David looked up at her blankly. She had thrown down a challenge that he didn't comprehend. Only one word in every two of her utterances did he understand. He decided to ignore her and play with the animals instead. They weren't as good to play with as *real* animals of course. Last week, Uncle Dod had let him into the byre after the new calfie was born and had let him pet it. It had sucked his fingers, making them all slimy and milky, but he hadn't minded; he'd dried them on the straw around its mother's bed. He'd stayed close beside the calf all that afternoon, listening to the sounds of the byre, the clank of the beasts tethered in their stalls, the soft lowing of the heifers, the squeaks and scuffles of the mice in the bedding, and the flurry and whirr of resident martins under the byre's eaves. The Radio Lady might not be nice but he rather liked her plastic farmyard.

Another woman suddenly poked her nose round the door. "How's it going?" she whispered.

"It beggars belief," sighed the giraffe. "I wonder if he's autistic. I've had more response from a two year old. He's certainly very low on the scale. I'll get him to do a drawing, and then try one last animal."

"David, dear," she called loudly and deliberately at him as if he was deaf. "If 1 give you a piece of paper, will you draw me a house?"

The boy nodded slowly. Paper and pencil were duly produced and, very carefully, David drew a blue rectangle, with a single large window in it. Had the lady asked, he would have told her he had drawn *her* house – a radio. She stared at the finished article in dismay.

"Is this all? Don't you want to add more? A garden, maybe? A roof? Windows?" Her voice, the tones of the unfamiliar language steadily rising, unsettled him. Everyone knew that a radio didn't have any of these things. She was a bad, silly lady.

With an effort, the Radio Lady recovered her composure and made one last attempt at communication. "Show me a horse, then. All little boys like horses. Everyone knows what a horse looks like. Show me the horse."

He knew then that she thought he was stupid, thick as porridge. Desperately, he looked around the table. Finally he picked up the dog, though he knew it was wrong. But he did it just to please her. To show he was trying. He didn't want the Radio Person thinking he was gypit.

Miss Troy frowned. "*No!*" she said sternly, pointing to the plastic cuddy. David's eyes followed her jabbing finger. The sheltie seemed to be smiling – no – grinning; laughing at him, making a fool of him. And he couldn't answer back. Adults were always right, even when they were wrong. He began to rock to and fro on his seat, hands tucked tightly between his legs. Rain continued to dribble bleakly down the window. As if in sympathy with the rain, water began to trickle slowly down his legs, a wet, hot flow soaking into his socks. It collected in a neat puddle on the Radio Lady's carpet.

Abruptly, she left the room. He could hear her speaking to some other big person. "The wretched child's wet himself. Is there any sign of his mother yet?"

And then, after a rustle of paper – "Of course he's failed. Not the sort we'd dream of enrolling here anyway. I doubt if he could string two words together. Didn't even know what a horse was. A horse, for God's sake!" And the Radio Person gave a high, shrill whinny.

Later that day, bathed and towelled and cosy in pyjamas and slippers, David sat down to play with his toys before bedtime. Out came the yowes, the coos, the grumphies and the dyeuks. "Are ye nae takkin the shelt ooto the barn?" his father asked. "Ye ken ye aye play wi the sheltie. Gin ye're a guid loon, we'll veesit Uncle Dod on Setterday an gie ye a turn aroon the park on his cuddy, Major."

The small curly head, bowed over the farmyard, shook a firm no.
"I dinna like shelties noo," he stated firmly. "An I dinna think I ivver will again."

PRUNE STONES

Tinker, tailor, soldier, sailor,
Rich man, poor man, beggar man . . .

He could see the plate of yellow, stodgy custard as clearly as if it was set before him now. He could even feel the shudder of disgust that he always experienced when his mother propelled a spoonful of the sludge towards him, with several brown prunes nestling coyly in it.

"Now, we *must* keep you regular, Johnny," she'd coo regally. "Your bowels haven't opened for two days, and Mummy worries about her little man." To introduce levity into the horrid procedure, his mother assured him that each prune stone represented a trade or profession the infant John Jones might aspire to. For runes, read prunes. Surprisingly, when his mother counted the prunes, it always ended with the fifth prune stone, that wrinkled shard of fruit deposited on the rim of the congealing custard like a blob of excrement.

"Rich man!" his mother would gush prophetically. "My Johnny's going to be a rich man!"

Well, he hadn't let her down. He'd fulfilled the prediction, though he was moderately, not disgustingly, rich. People always needed a safe place to keep their money. And people always needed an honest man to take charge of that safe place. Just such a man was John Jones, bank manager, that rarest of the rare, a pearl without price, a wholly honest individual. He had never knowingly short-changed anyone in his entire life. With John, the scales of justice were balanced to a hairsbreadth; a feather would tilt them. He had a generous income, a comfortable house, a car, a wife, and . . . the eighth prune stone loomed ominously from the remembered plate . . . a son, Brian Jones Junior – thief.

Mr Jones had been astounded when the police had arrived at his door one wet and windy Thursday evening, escorting the fruit of his loins back to the parental bosom.

"Caught red-handed, him and his wee chum," explained the police officer almost apologetically, a little awed by the long avenue of poplars he had just marched along to reach the front door. The second officer cleared his throat and flicked open a notebook officiously.

"Naturally, he admits everything. He was literally caught with his hand in the till," he said, presenting the matter as a *fait accompli*. "It'll have to come up before the Sheriff, I'm afraid."

The officer's voice trailed off. Mr Jones had turned as white as the charge sheet before him. His son a petty criminal? Brian a thief? Never! No, it wasn't happening. It was a bad dream. He would pinch himself and it would go away. He literally *did* pinch himself. Quite hard. But the two policemen were still there.

Seated in court, Mr Jones convinced himself that it had been a minor aberration, that was all. People of his class didn't steal. They might occasionally indulge in creative accounting, but they certainly didn't steal. Peer pressure, that was what the solicitor would plead. A mere indiscretion. He was sure the Sheriff would be lenient; would let Brian off with a warning. After all it was a first offence – all the other boy's fault probably. Brian's co-accused was on Legal Aid but Mr Jones had hired the most expensive solicitor money could buy. Value didn't come cheap. He had seen the other solicitor grappling awkwardly with an armful of files. Not only had she not remembered her client's name, but she'd had to be reminded what the case was all about.

Inside the court, he'd seated himself well away from his son. It wouldn't look well for a man in his position to be seen consorting with criminals – not that he doubted Brian's good character for an instant. After all, his mother was a Sunday School teacher. With a shudder, he recalled that the head of the Sunday School worked on the local paper – might even turn up to cover the case.

Mr Jones had been advised to attend by his solicitor – but it was best if Brian remained beside Calum Weatherly, the other accused, until the Sheriff pronounced judgment. After all, it was entirely the Weatherly creature's fault that Jones Senior and Jones Junior found themselves in this accursed place.

From the far side of the court, he steeled himself to snatch a glimpse of the pair. Calum Weatherly had petty thief written all over him. If he'd carried a billboard proclaiming, "I'm a kleptomaniac", or screamed that message aloud, the fact couldn't have been more obvious. He was a one-man crime wave. John grimaced as he stared at the cheap weasel's face, that girlish mouth, the receding brow and the long, lank, unwashed curls of the hardened felon. Cocky and streetwise, Weatherly would never take a straight path if a crooked one was available.

With a squirm of near-dismay, John confronted the fact that nothing would have given him greater pleasure than to slam that smug little smirk into the plush red carpeting of the courtroom floor; to grind it into an indecipherable pulp; to extinguish Weatherly as one might crush a cigarette end into an ashtray, or scrape an offensive bug into animal confetti. For some reason, his son Brian idolised the creature, even aped his mannerisms and copied his style of dress. But he was certain his son's obsession with this gutter-Svengali would be a transient affair.

Mr Jones had never had occasion to enter the city court before. It was housed within the Town House, grand in its towers and turrets, which soared to the Atlantic-grey sky in neo-Baronial exuberance. Here or hereabouts had beat the official heart of the city since the 13th century. As a child on a school outing, he had visited the oldest part of the building, closed now forever to the public. His history teacher, a Mr Malcolm, had told the class with some relish that at one time the Tollbooth had housed a Scottish version of the guillotine, known euphemistically as the Maiden and kept exclusively to dispatch riotous or errant nobility. The common orders, however, were publicly hanged within sight of the Tollbooth windows, unless the condemned person happened to be a warlock or witch, in which case the citizenry were treated to a "roastin" on the grassy sweep near the seafront. In those distant times, John reflected, hangings were as common as community service orders are today for similar offences. He looked at Weatherly, and allowed himself the luxury of imagining that reptilious person dancing at the end of a gibbet.

Despite the circumstances, his civic pride had blossomed on entering the renovated Town House. It was a happy marriage of mediaeval and modern; at the entrance was an exquisitely carved mock minstrel's gallery. But what greeted anyone stepping in from the cold wet flagstones outside was the long sweep of plush red carpet, fixed with gleaming slats of bronze, set on grey granite slabs and surrounded by polished, natural wood: not a hint of plastic laminate in sight.

The Clerk of the Court had stopped him on his way up the steps. "Spectator, sir?"

John had coloured momentarily. "Parent," he'd answered tersely. Without a word passing between father and son, their paths had diverged in the courtroom, Brian to sit with Weatherly, who looked as if he was about to attend a rave, and John Jones Senior to sit alone.

Awaiting the Sheriff's arrival, Mr Jones examined the court minutely, terrified that anyone even remotely known to him would be there. Six months ago, he had sacked an employee for petty pilfering – the sum amounting to pence. What if he were here? Behind him, the public gallery sloped upwards like an anatomy theatre awaiting the dissection of a corpse below. The benches in the gallery resembled kirk pews: Calvin, with a hint of Popery since the long wooden pews were padded. Evidently the public was there to have its soul wrung, not its withers.

There was the faint hum of air conditioning and the sensation of being marooned from the world, cut off from the commerce and converse of the town, with the expectation of some mystic, ritual ceremony about to reveal itself, backed by all the crushing weight of history, tradition, and morality. Tier upon tier, the gallery rose up behind him, bearing its unsavoury human cargo. The air was acrid with the stench of grimy trainers and grubby anoraks, the unmistakable stench of human poverty and degradation. Here sat the second-rate, the down at heel, the deviant, the dispossessed, all the scum of society with morals as grey as their Rab C. Nesbitt vests. Earrings and Doc Martin boots predominated amongst the males. The women sat, coarse and defiant, smeared with the war paint of their kind. The body language was brutal, the bodies even more so. Mr Jones retreated into the refuge of his tweed coat, reluctant to remove it.

He had barely acclimatised himself to the central heating when he was joined on his left by a drunk, and on his right by a stunningly pretty woman elegantly dressed in a dove-grey velvet suit, set off by a pearl necklace and lilac blouse. "House of Fraser type," he said to himself approvingly. No doubt she too had been summoned to this awful place because of a wayward child. Somehow, the ordeal seemed bearable knowing another shared it. He glanced approvingly at her chic, immaculately-groomed hair and carefully manicured hands, noting the trio of rings on the left – wedding, engagement and eternity. He wondered which of the pimply delinquents *she* had the gross misfortune to be linked with. His reverie was disturbed by a resounding rumble, percolating from the subterranean coils of his drunken neighbour's digestive organs.

"Silence in court" roared the court officer.

The drunk hiccuped and wiped a handful of filthy fingernails across his mouth. Obviously he hadn't shaved for days and his chin resembled a hedgehog with mildew. He was attired in an Oxfam coat, circa 1963, of indeterminate shape and several sizes too small. Either it had shrunk in the wash or had been bought before he had reached his full stature of five foot two. Bony wrists, matted with ginger hair, protruded from the coat's arms, one bearing a plastic green Mickey Mouse watch, Mickey's ears clicking on and off with every second. A tartan scarf, veteran of a hundred cup ties, was knotted around the drunk's Adam's apple, its ends hanging like two strangled ferrets which had recently escaped from a tumble drier. His trousers were flared and ran out of material mid-way down his calves. Thereafter two red and hairy calves disappeared sockless into a pair of tattered gym-shoes which appeared to have walked round the world once and were now on the last lap of their return journey. Appalled, Mr Jones edged nearer the woman.

"Ye OK, pal?" wheezed the drunk. "Wid ye like a wee sook frae ma bottle?"

Feeling his gorge rise, Mr Jones furiously shook his head and covered his nose with a blue silk handkerchief. Every exhalation of breath that the drunk made seemed to be manufacturing God knows how many varieties of viruses. Mr Jones made a mental note that he would need to fumigate his coat when he returned home.

"Tha's aaricht, pal. Aa the mair fur me," responded the drunk cheerily.

John Jones concentrated hard on the scenery. Straight before him was the dock where the accused would stand. He had imagined that spikes would crown the small wooden compartment, an image he had carried in his head from comic-cut days. Instead, the plain polished wood was topped with tinted glass. It was entered by a gate, thereby setting it apart from the rest of the world. The front pew and the circular table beyond where the clerk of the court sat were the domain of the legal profession. For a split second, seeing the black-gowned figures flit to and fro, John was reminded of his graduation day when, robed and brightly hooded, he had received his Master's degree. But these were the funereal blacks of the Law. Like split-backed cockroaches, they scurried to and fro, laden with files, briefly addressing their clients in a curious mixture of standard English and urban Scots. Under their robes, these men wore silk ties and tailored suits, along with expensive leather shoes, smartly buffed and waxed. One or two sported white bow ties. Beside them, their female colleagues looked dowdy, apart from one young legal aspirant who had difficulty keeping her hair out of her papers, and who looked like Jane Fonda.

To the left of the court was a door through which prisoners in custody were led up from the cells, handcuffed to a shirt-sleeved policeman. Over to the right, like the chorus in a Greek tragedy, were hunched the gentlemen of the Press. Mr Jones felt a frisson of fear descend his spine. Only last week, he had kicked one sub-editor out of his office for seeking a loan. Was he here today? Anxiously, he scanned the faces. No, he recognized none of them. Two cub reporters sat restless and impatient. One old hack, with bent spectacles and a tattered grey raincoat, gazed at the ceiling with a bored expression, tie askew and buttons undone. Surely he'd seen it all before a thousand times. The drunk beside Mr Jones hiccuped again.

"Upstanding for the Sheriff" a voice cried crustily. Mr Jones, the drunk and the House of Fraser lady all struggled to their feet while the Sheriff entered the room in a magisterial swirl of black. All eyes moved to the high wooden canopy with its carved supporting pillars, as the Sheriff seated himself in his red leather chair. Enthroned like an eagle, thought John, with the power to tear his son's reputation asunder. The Sheriff was wearing a wig, grey as dressed granite, curled as tight as the scroll on a marble tomb. A cameo of William Pitt the Younger darted into John's head, and quickly skipped out again. The lawman's white cravat was immaculately starched and pressed. Ministers of the Kirk might be lords spiritual, but here the law was worshipped, and carried out to the letter.

Below the Sheriff's wooden eyrie sat the Clerk of the Court and emblazoned high above both was the legend: *nemo me impune lacessit*

– Wha daur meddle wi me? Over that stood a silver and gold unicorn, its haunches in chains, opposing a golden lion rampant. Both were clawing a heraldic shield, decorated with the emblems of Scotland, Ireland, Wales, and England. From the tip of the unicorn's horn, John's eyes roved to the lofty height of the ceiling. Like hangman's rope, six slender lines of steel dropped down, six plain lit globes dangling from the end of each of them.

A Court Officer approached the public gallery and intoned, "Would James Nelson step forward?"

Behind him, John could hear coughs and murmurs and it became obvious that James Nelson would not be forthcoming.

"Done a runner, the wee swine," commented a large lady from the rear. "I'll get the bastard at hame, nae fear!"

The next case was called and was promptly led up from the cells. The accused looked like a cross between Cassius Clay and Captain Pugwash. He had an earful of earrings and one extremely black eye. He bore a remarkable resemblance to Neanderthal man, an illustration of whom John had once seen in the City Museum. Charged with breach of the peace and assault, he accepted his fine of £100 like a lamb and waved cheerfully to the assembly on his way out. A Rastafarian youth in waist-length dreadlocks was assisted from the premises for swearing.

"Would William Higgins step forward, please?" called the court officer. The drunk beside John jolted alive, like a jerky puppet. "Yon's ma pal. Big Wully. The pigs done him fur choring a Giro," he announced enthusiastically. Built like an Irish haystack, with a huge beer paunch and several buttons missing from his XXL lumberjack shirt, William Higgins hung his head in shame, his abundance of beery whiskers buried in his vest.

"Ah didna mean nae hairm," he apologised, oblivious to the irony of the double negative. "Ah wis jist skint, like, ye ken, yer worship, sir."

The Sheriff sighed, and dismissed him with 12 hours of community service. Higgins lurched up the slope like a thunderous bear towards Mr Jones's pew. The drunk with the tartan ferrets round his neck embraced his friend warmly, exuding a vinous compassion from every pore.

"Kent ye'd get aff, Wully. Come on roon the boozer fur a wee hauf."

As the duo left, the bank manager felt in his pocket to reassure himself that his wallet and valuables had not left with them. They had not. That was a relief, anyway. He leant forward, and tapped his son's solicitor on the shoulder.

"You specifically said to be here at 10 o'clock. 1 have an important meeting in half an hour. I wouldn't tolerate having to wait like this for a doctor or dentist, you know."

"The law is no respecter of time," said the solicitor, adding sententiously, "The mills of our legal system grind slow." Mr Jones slumped back in his seat, and smiled wanly at the House of Fraser woman.

"This is a ghastly place," he confided. She nodded sympathetically, maintaining a decorous silence. He speculated as to what field of work she might be in. Some sort of counselling probably. She had such a kind, caring face. He could tell she'd be a good listener. A family of criminals consumed the next half hour. Mary Duguid, the matriarch of the brood, was toothless and dwarfish and stood nervously twisting a huge handbag as she was accused of numerous charges of shoplifting. Mary was a discharged psychiatric patient who livid rough, who couldn't and wouldn't learn how to use the welfare benefit system. A posse of social workers had given up trying to explain it to her. "Address?" asked the Clerk of the Court.

"Duthie Park," replied Mary. "Or whyles, the Beach Boulevard in summer, like." Her eldest son, Shane, something of a beanpole with a ponytail, was charged and convicted of car theft. Donna, her daughter, was led struggling into the dock by a stout policeman, as if a panda were embracing a rabid hyena. "Donna Duguid," called the Sheriff sternly, "you are an utter pest to one and all. If you do not want another charge to be placed on your excessively long list, I suggest you quieten down and behave yourself forthwith."

Donna turned and smiled coquettishly at Calum Weatherly. "Good God!" thought Mr Jones. "She knows Weatherly. That means she probably knows my son." Mentally he reminded himself to check the locks and security system when he went home. The Duguid family must account for half the crime in the City, he surmised, as the weary litany of their misdeeds proceeded. "In the blood, of course," he mused, quite mindless of the fact that Brian was likewise an accused person. His solicitor sat back in his seat.

"This is the last but one case to be heard before your son's," he whispered.

"Joseph McPhail," called the Clerk. McPhail stood accused of assault. A small, slight, terrified figure, rather like a lavatory brush with a head of curls, he looked incapable of knocking over a flea.

"My client admits that he head-butted his wife, M'Lud, thereby breaking her nose, but he *did* sustain a nasty cut to his forehead in the attack which required hospital attention. And it is to his credit that, when he realised Mrs McPhail's nose was broken, he *did* attempt to sort it. It could be argued, M'Lud, that he has suffered enough."

For the first time in that unbearably long morning, both the Sheriff and Mr Jones smiled.

"And quite *how* did Mr McPhail propose to sort his good lady's nose?" the Sheriff inquired. "With super-glue, perhaps?"

"My client and his wife *have* now become reconciled," the solicitor smoothly persisted, as though this fact somehow swept the broken nose under the carpet.

"One year's probation," pronounced the Sheriff.

But John Jones was no longer listening. Every nerve, every sinew, every muscle, was taut as a drum. Now it was Brian's turn. Please God let the Sheriff be lenient! Think what the scandal could do to him, if it leaked out. It was over in eight seconds. Released, pending social work inquiries; to be heard again in eight weeks' time. The axe not dropped, merely raised. Now he would have to endure the Social Work department. They'd be intolerably patronising; of course they would, to someone in *his* position. "Ding the feet frae yon heid bummer," was the Scots attitude, after all. Oh yes, it would be all his fault. Paternal deprivation. The parents were always blamed, weren't they, until the "the young offender" became the irresponsible adult? Anarchists, that's what social workers were. Well, he'd soon set *them* straight. He could buy and sell one of them twenty times over on *his* salary and investments.

He was still lost in gloomy thought when the next case was called.

"Ivy Hadden, step forward please".

To his amazement, the House of Fraser lady stood up and in a gravelly, guttural voice asked him to shift. Carrying her elegance like a shawl, she swept into the dock.

"Ivy Hadden, you are charged with causing a public nuisance by soliciting . . ."

As the policeman shut the gate behind her, she tapped his arm and quite audibly whispered, "Hey, Eddie, see yon mealie-mou'd git sittin aside me? Flasher, eh? Ye can aye tell. He's jist the very type."

A VERY DYSFUNCTIONAL FAMILY

It was a cold, sunlit day in early spring. The staff in the run-down inner-city primary school were enjoying their cherished dinner hour, huddled together for solidarity around the cramped coffee table that was piled with books and brochures, jotters, memos and junk. The plastic kettle had recently boiled; four cups had been primed with caffeine; and the headmistress, a restless greyhound-lean woman, had loped off for her customary smoking constitutional round the block. On one of the few wisps of grass lingering in the children's playground, a thrush was ferociously tying to tug a reluctant worm from a slab of earth. Sam Jones Junior from Primary three had just given his classmate, Mary Summers, a thwack on the head with his lunch box, and the wretched victim had set up a tortured wail like a police siren. It was a reminder (if one was needed) that the staff room was a sanctuary in a sea of pre-pubescent anarchy.

"Thank God," sighed the infant teacher, Sally Michie, a strapping Dundonian with lobes heavily-laden with Macintosh earrings that swayed as she gave utterance to her thoughts. "Thank God the Union put a stop to playground supervision. I hope he kills Mary Summers. I hope he bloody well dismembers her. You wouldn't believe how bad that girl has been all morning."

Her friend, Jean Baxter, who taught Primary 5, paid no heed to this lament. For some time, she had been trying to get the attention of Jim Higgins, Primary 7's teacher. Jim also took football, a task thrust upon him against all the rules of gender equality despite the fact that he was thin as a reed with biceps like two blisters and a concave rib cage. Until saved by early retirement, nervous breakdown or heart attack, he was condemned by virtue of his sex to escort straggling crocodiles up and down to the swimming pool, football pitch or sports field, like a mother duck leading with her gaggle of raucous offspring.

"Don't sit there, Jim Higgins, like Keats' Grecian urn, pretending you don't hear me. The Council memos aren't *that* riveting – at least they weren't the last time I read one. Put them down and listen to me. What exactly d'you know about that new kid on the school roll, Helen Thespiosis. I hear she's Greek. The secretary says the child has fifty aunts. Fifty! Can you believe that? Imagine the strain on the Council, having to house them all. They're a population explosion in themselves. That beats the MacGee family into a cocked hat, and I thought *they* were bad enough, having sixteen in the family. That Thespiosis tribe's going to want a whole street to themselves. Must have needed most of the boat to bring them from the Parthenon or wherever they came from. And I bet they won't have two words of English between them."

Sally Michie regarded her colleague wearily, through eyes heavy-lidded from three hours' marking, after a late night clubbing. "I could have told you all about them this morning. My newsagent knows them. He says that Hercules Androkles, the owner of that taverna in Richwood Boulevard, brags to everyone that he once slept with forty-nine of Helen's aunties in one night. He called it the thirteenth labour of Hercules. He treated it all as one big macho thing. Men are such liars," she snorted, remembering how a certain insurance clerk had revealed, with tabloid sensationalism to an entire pub, the intimate details of a brief fling she'd had with him after a performance of Riverdance which had roused the blood in her normally placid veins.

"So he didnae sleep with *all* fifty then?" said Jim, tongue in cheek.

"I gather one of the aunts is gay."

"Well, chacun à son gout."

Jean Baxler's curiosity was kindled. "How old is this Helen Thespiosis? Which one of us is getting her? They'll have to build another school if Helen has as many sisters as her mother! The education budget'll go sky-high."

Jim Higgins folded the latest Council memo into a paper dart, propelled it into the air and watched it land gently on a plate of softening rich tea biscuits. They had been set out in honour of a visiting schools inspector last month but never returned to their packet.

"Dinna work yourself up intae a froth, Jean. The Thespiosis kids are baith in my class. They enrolled last week actually. Ye've likely seen them – though Helen's the mair distinctive o the twa."

Jean Baxter was furious on two counts. She was nettled that Jim Higgins and Sally Michie hadn't mentioned these new pupils before and irked that the arrival into the fold of two Greek children had passed quite unnoticed by herself. Jean's powers of observation were usually so acute she could spot a louse on a pupil's head at a hundred paces.

Dorothy Giddings, the school nurse, was perched on a stool at the periphery of the conversation, carefully painting her nails a shade of puce.

"I saw one of the two Greek girls yesterday," she volunteered. "Her name's Clytemnestra. Crying her eyes out, the poor wee lamb was. Mary Summers took her to the sick room because she was greetin in the girls' toilets. Seems there's been a family bust-up. Mr Thespiosis had to come into school and take her home. Her two brothers had just been flown back to Greece by Mercury."

"Now you mention it," said Sally, warming to the theme, "the newsagent told me that as well. Though I must say, I've never heard of Mercury Airlines. Must be Greek. You'd hardly credit the odd names these Greeks give their kids – Pollux and Castor, the boys are called."

Jean Baxter gave a derisive sniff. "Why can't these foreigners use nice sensible names for their offspring, like Philip or Alexander? I mean to say, Castor and Pollux! Bollocks! And how on earth do you get your tongue round the poor girl's name each morning, when you call out the register? I can just hear it – Andrew Buchan, Jessie Coutts, George Duguid, Clytemnestra Thespiosis!"

Jim extracted a tooth pick from his jacket pocket, and began poking methodically in his teeth, like a Cornish miner extracting a nugget of tin from a rich mineral seam.

"It's like talking to a tray of cement, I swear! Jim! Answer, will you!"

Triumphantly, Mr Higgins impaled a wedge of apple on his toothpick, removed it daintily from the point with his fingers and propelled it expertly into the waste bin.

"I jist caa her Clytie," he said. "She disnae mind. She's a fine bairn really."

"Her parents will complain though," warned Sally Michie. "They'll call it racial prejudice. You can't so much as breathe on a pupil now but you're accused of assault or defamation of character or abuse. And that's just the kids themselves! What's this Clytemnestra's sister like, then?"

Jim fidgeted in his seat and turned the question over slowly, like an aged crofter cutting peat. "Helen's caused a fair stooshie with the boys already. Primary 7's an awkward-like age onywye – they're starting to discover there's mair to life than fitba and bools."

"And *you* encourage them, you know," snapped Sally." I've seen that Rodin print on the back of your classroom cupboard."

Jim frowned. "Yon's Fine Art. Only a Philistine sees smut in Fine Art."

"Art-schmart! Why do artists' models take their clothes off, for heaven's sake? Answer me that! Seriously, you'll need to keep a tight rein on that Helen. She spends far too much time behind the bike sheds according to the playground supervisor."

"Now I know the girl you mean," said Jean Baxter excitedly. Very pretty child. Pure, pale skin. Very slender neck, just like a . . ."

"Swan." Dorothy the nurse completed the sentence and ran away with it. "And you don't know the best of it, not one of you." She lowered her voice dramatically and waited a moment for this to sink in before going on, then leaned forward confidentially. "You know I go out with Tiger Morrison? Well, Tiger's the Thespiosis family's social worker. They've only been here five minutes, and they've a social work file as thick as the London phone books."

Jim Higgins grunted. Dorothy Giddings was prone to exaggeration. It was a female failing. But she *did* go out with Tiger Morrison and she knew more local scandal than a Catholic priest. The unfortunate Greek family's dirty washing was aired for all to know.

"Tiger says Mr Thespiosis told him that he isn't Helen's real dad."

"Half the school don't know their real dads. Neither do their mothers. Nor the Child Support Agency for that matter. It's a national scandal. Family values breaking down. It's the thin end of the wedge!"

"Shut up, Jean Baxter and let Dorothy finish," Sally Michie chided.

"So Helen's a cuckoo in the nest, is she?" joked Jim.

The nurse gave him an odd look. "Not quite. Mr Thespiosis told Tiger that when his wife was pregnant (her name's Leda by the way – nice name that) she had it off with a *swan*! For some minutes, there was total silence in the staffroom, broken only by the rasping sound of Jean Baxter compulsively stirring her coffee anti-clockwise.

"That's it then," sighed Sally. "The man's certifiable. So much for Care in the Community. He's likely a paedophile. Probably goes into public lavatories and exposes himself. Or taps into sewers of filth on the Internet."

"Well no, actually," the nurse went on. "Tiger says that apart from that one wee delusion, he's perfectly sane, and a very nice man really. Except that he does have one other minor delusion. Thinks Helen was born from an egg."

"Nae sae daft then. Children do originally come frae an ovum," observed Jim.

"You didn't let me finish," protested Dorothy. "He believes Helen was born from a *swan's* egg."

"Well, that convinces me," said Jean. "The guy should be banged up. He's not safe to be let out."

"Funny thing though," mused Jim, rummaging around in his memory like a kirk elder fumbling for his pandrop, "When I took Primary 7 tae the pool yesterday, young Helen Thespiosis took tae the water like a . . ."

"Swan?" asked Jean acidly.

"Duck, actually. And I ken she's a bonnie bairn but her taes are webbit."

" You don't seriously mean that!" gasped Dorothy.

Jim picked his words carefully, like a butler picking shards of glass from a sugar bowl.

"I ken what I saw, and the lassie's taes *are* webbit. Naethin strange aboot odd little quirks of nature like thon. A wee NHS operation pits it richt."

Sally Michie's thoughts were still tethered to the swan revelation. "It's called bestiality, isn't it?" she whispered, repelled yet fascinated.

"I knew a farmer once," said Jean Baxter, "who had a very close encounter with a Friesian heifer. But to the best of my knowledge, it didn't go on to lay an egg."

"Inter-species copulation carries a jail sentence. *And* huge social stigma," Dorothy Giddings remarked censoriously.

"What a man does in the privacy o his ain byre should be his ain business," joked Jim. "Unless of course, the Friesian was tethered, in which case bondage enters intae the scenario."

"You're not funny, Jim," said Sally. "If you were in my class, I'd wash your mouth out with carbolic for coming out with a dirty crack like that."

"I did wonder why they'd put A VERY DYSFUNCTIONAL FAMILY on the two girls' notes," said the nurse. "But after I spoke to Tiger it all became clear."

"It must be a good month for new pupils enrolling," remarked the headmistress coming in briskly from her stroll, oblivious to all that had gone before. "There's a new boy coming tomorrow. Odd Christian name. What *is* it again? Amsterdam? Delhi? London? No – I have it now. Paris! Yes, that's it. His name is Paris. Seems he's Greek too. I'm sure he'll take to Helen and Clytemnestra like a duck to water."

"As long as it's like a duck and nae a swan," said Jim.

But nobody laughed.

BLESSED WI THE GIFT

Fin I wis aboot eleyven year auld, ma Da got yokey feet. Ither faimlies I kent gaed aff an did the Gran Tour o Europe. Bit *we* veesited Culloden, Glencoe, Glenfinnan, Bannockburn, Burn's Cottage an Ireland. The first fower war fur my benefit, nae mair nor cats' licks o veesits, tae gie me a mair roondit education than cud the schule. Noo in this he wis wrang, fur fin I wis wee we heard wir Scots history ilkie wikk on the wireless fur hauf an oor o heich drama. Ae wikk it wis Mary Queen o Scots' heid taen aff in Fotheringay; anither it wis Bibles bein' haived doon in Embro, the neist it wis the puir Macdonalds bein murdered in their hames bi yon coorse breets o Campbells. For a hale day efter yon, nane o us wad spikk tae Norman Campbell, even tho he cam frae Desswid Place an hid niver bin nearer than Torry tae the scene o the crime. Dennis McKenzie telt us a wee rhyme his granda hid gien him aboot the Campbells:

> *The Campbells are comin, I ken bi the stink*
> *The dirty wee bastards they pished in the sink.*

We daunced roon the playgrun singin it, till a teacher cam oot an threatened tae wash wir moos oot wi soap if we warna quate.
    Hoosaeiver, the faimly ootin tae Burns cottage wisna sae much fur my delicht as fur Da's. Twis a hale day awa frae hame, takkin the lang wye there as if Da wis pitten it aff, like a cat playin wi a moose, tae savour it the better fin we landit yonner. Ither fowks hid Das fa played darts, or keepie-uppie. Ither fowks' Das biggit sit-ooteries or bred futterats. Some fowks' Das gaed doon tae the pub or delled their gairdens. My Da sang. Fin he didna sing, he fussled; an fin he didna fussle, he diddled. He wis a kettle-fu o music. Fin he byled wi excitement, or wi ill-natur, or wi wae, or fun, he jist hid tae sing tae let it oot.
    We set aff fur Burn's cottage in the foreneen, traivellin bi Braemar ower tae Glenshee. "The scenic route," Da said. He warmed up as the miles flew alow the wheels, singin *Dark Lochnagar* an *Bonnie Glenshee*; bit finiver we left the north-east ahin, twis *Mary Morison, A Reid Reid Rose, Ca the Yowes,* an *The Lea Rig* – aa the wye tae Perth. Ootside the toon, he stappit fur a fly cup an a Leith's rowie tae weet his thrapple. Syne

he streetched his legs. Frae Perth tae Stirlin it wis *The Banks an Braes o' Bonnie Doon* an *Sweet Afton*. Aa thon singin aboot watter mindit him o the need tae makk some, sae he parkit by a widdie, an aabody tummelt ower the dyke an gaed ahin whin busses tae rid thirsels o the fly cup.

Frae Stirlin tae Glesga he wis in patriotic mood. We war treated tae *Scots Wha Hae* an *A Man's a Man fur aa That*. Syne, aa the wye yonder tae Ayr; an, as he drew nearer tae his Burnsian hairt-lan, the hale virr o his tenor throat-strings fair birred as he swalled his breist like a lintie, flung back his heid an poored oot *John Anderson my Joe* tae the bumbazemnent o Kilmarnock fowk. The sign tellin us we war throwe Kilmarnock spirkit aff *Ma Big Kilmarnock Bunnet*, bit Burns couldna bide awa lang noo, sae the final fleerish wis *Whistle ower the Lave o't*, syne *Green Growe the Rashes o*, an – in sicht o Burn's ain but an ben – Da's ain espeecial favourite, *Ae Fond Kiss*, which, as aabody jaloused, wad bring tears tae a gless ee.

Inside the Cottage it wis nippit fur space. I jist aboot mynd on trampin roon whitwashed staas far beasts wad hae bin keepit, an luikin at a wee box bed. "Takk a guid lang luik o yon," Da telt me. "Yon's far Scotlan's maist weel-kent son sleepit. Aye, an he wisna a toff like maist o the ithers. He cam richt ooto the same kinno craftie as us." I wis gaun tae argy here. Mebbe Da hid cam ooto the same kinno craftie as Burns, bit I anely saa crafties at wikk-eyns fin he drave us frae the toon tae veesit wir kinsfowk. I held ma wheesht tho, fur he wis luikin gey wattery roon the een an I thocht he micht be aboot tae greet. I jaloused that Da's "Us" wis kinno like Queen Victoria's royal *We*.

Like eneuch, Moslems at Mecca or Catholics in the Vatican dae like we did yon day at Ayr. Da luikit awesome-like at Burn's seat, at his table, even at auld orrals o paper he'd screived on – aa as if they war haly relics. Like mony anither Scot, he'd bin brocht up on a Nor-East craftie, whas anely buiks war *The Poems o Burns*, *The Pilgrim's Progress* an the Haly Bible. It wis easy kent fit buik wis maist favoured in Da's hame fin *he* wis wee. The anely ither poet he kent bi hairt wis Chairlie Murray, bit we niver haiked oot by Alford wye tae see far Murray bedd – an yon wisna near sae far as Ayr. The anely hill wirth spikkin aboot in the hale o Donside, Da aye said, wis Bennachie, bit Deesiders like oorsels cudna grudge them their ain bittie hill, fur we in Deeside war fair oot the door wi hills.

Gaun hame frae Ayr yon day there wis nae mair singin tho. Faither wis hairse bi yon; forbye he wis tint in his ain thochts, an they bade still in Ayr till we wan ower the Brig o Dee an near ran doon an auld ginger cat. "The carlin catched her by the rump, an left puir Maggie scarce a stump," quo he, nae jeein himsel ae bittie aboot the awfu fleg he'd gien yon peer Aiberdeen puss.

Nae lang efter the ginger cat's narra escape, Da lat ken we'd bi haein "a wee brakk" – a twa-three days tae gae aa roon Ireland. My best friens war gaun tae Europe thon year. "Ireland?" they speired, mystifeed. "*Naebody* gaes tae Ireland! There's naethin there bit girse an tatties an fyles the antrin leprachaun."

Fitiver there wis in Ireland, Da wisna lettin on. It wis tae be a *Mystery Tour*, he telt us. We'd ken fin we got there.

We didna pack muckle, jist a map an a fyew tinnies meat. Efter aa, Ireland's jist a lowp ower the watter frae Stranraer. Ye cud near spit ower wi a lang eneuch pyocher. We left Aiberdeen in a doonpish, tae *The Bonnie Lass o Bon Accord*, an drave sooth tae a medley o *Bonnie Strathyre, The Road an the Miles tae Dundee* an mair – echt or nine hale coonties o diddlin, fusslin, an duntin fingers on the driver's wheel, till we wan tae Stranraer wi a hert-rousin chorus o *Danny Boy*.

Oor trip ower the North Channel wis gey cauld an weet, an the boat sair in need o a lick o peint. Maist o the men wore bunnets an luikit jist the spit o oor ain kinsmen fa cam inbye on their wye tae the Mart on a Friday; bit, fan they opened their mous, the passengers aa spakk Glesga or Irish. There war beasts aboord an aa, muckle hairy nowt wi lang hornies, in a fair heeze o roarin an guff. Wauchts o sharn an weet strae melled wi the sea breezes an pluferts o fag rikk, fur aabody smokit then like they did in Hollywood.

Fin the ferry dockit at Larne, Da heidit straucht fur Belfast an a B. an B. tae bide in. I mind fine yon placie. We fand a wee-like sink in wir lavvie, nae far up frae the fleer. "Yon Irish fowk maun hae richt fool feet," quo Da, "tae hae a sink at the fleer jist fur yon. Nae doot it's tae dee wi their religion. A winner they dinna hae funcie sinks fur their oxters anna."

The airt o Belfast we'd landit in wis far frae bein bonnie. Twis fell dreich an orra- luikin an fair clartit forbye wi graffiti, like Glesga in a huff. Da tried a fyew bars o *She is Handsome, She is pretty, She's the Belle o Belfast City*, bit his hairt jist cudna warm till't, an sae we beddit early. At crack o dawn tho, we war aff tae the Giant's Causeway. Da wis middlin taen bi this ferlie; coontin frae nocht tae ten, he wad hae gien it five. Deed, he said it wis nae better nor the Bullers o Buchan – an forbye we didna, hae sic a cairry-on aboot *yon* in oor towristie buiks.

Gaun throwe Coleraine wi a cauld breeze at wir backs, Da fussled *Beautiful Kitty o Coleraine*, bit we didna spy ony bonnie milkmaids, jist ane auld Irish fairmer chiel hurlin peats in a cairtie hauled bi a cuddy that stude in the road an wadna shift. The fairmer seemed near as slaw as the cuddy.

"Caa yon a cuddy?" muttered Da aneth his braith. "We've swacker torties at hame than yon cuddy. It's aa lugs an sweirty." Jist as he wis ettlin tae gang oot an offer tae kick the cuddy, an mebbe the fairmer tae, the beastie shauchled aff as if it kent it wis aboot tae meet its Armageddon. Syne we wheeched throwe Londonderry like a flicht o racin doos, haudin sooth-wast tae Donegal, far we stoppit fur a picnic an swatted a hale heeze o wasps – bit I wis gien ma Setterday's hauf-croon tae spen in a wee Donegal shoppie far ma een lichtit on a richt bonnie jet an siller rosary wi a danglin cross – an I hid saxpence ower eftir the deal! Bit Mither's broos gaed doon.

"She's daen thon tae spite me," Mither girned tae Da. Tae Mither, rosaries war neist tae totem poles an Voodoo dalls. Sookin a pandrop, Da wis mappin the route tae Galway Bay.

"Och, wife," said he, atween sooks, "gin the quine wints tae pit her pennies tae a braw wee necklace, *I* see nae hairm in't."

Mair argy-bargy wis pit aff bi faither thunnerin oot *Galway Bay* in a tummlin linn o sang that threatened tae breenge richt ooto the car an droon the hale o Connaught. At Galway Bay, mither bocht a heeze o Aran worsit an tuik tae wyvin wi'oot mair adee. If Da wis gaun tae sing an blot *her* oot, *she* wad set tee wi her wyvin an blot *him* oot. Forbye, the Aran ganzie she wis wyvin fur me wid be scrattier nur ony hair shirt worn bi the auld Mairtyrs. An gin I didna weir it, I'd nivver hear the eyn o't, efter aa her trauchle fur sic a thankless vratch o a dother.

The muckle Atlantic flang itsel ashore at Galway Bay. I got tae ken yon weet place weel eneuch tae catch a richt dose o the cauld there, fur Da widna leave the beach till the sun gaed doon. Then the penny drappit. On this holiday, we werena there tae luik at sites o historical interest; we war veesitin *sang-sites*. Ilka place we'd cam till hid a sang in its honour that Da kent fu weel an hid sang sin he'd bin knee-heich tae a chunty. He wis checkin them aa oot, ain bi ain, tae see if the sites matched the sangs – an tae jeedge if they cam up tae his merk. Galway Bay didna tho – ach, twis nane better than Aiberdeen beach, he said, an forbye hidna sic braw ice cream!

"Far neist noo?" speired Mither, fa wis near up tae hir oxters in the first o her Aran ganzies, tho she'd twa gweed lugs as weel as me, an sud hae kent weel fit wis jist aroon the corner.

> *The pale moon was rising above the green mountains*
> *The sun was declining beneath the blue sea*
> *When I strayed with my love to the pure crystal fountain*
> *That stands in the beautiful vale o Tralee*

Tralee wis rael bonnie, I'll gie ye that, an sae wis the pure crystal fountain he tuik us tae see. Da huntit fur miles till he fand ony pure crystal fountain ava, bit spy ane he did, an rowed up his trooser-eyns tae paiddle in the puil at the boddom o't. Twis as bonnie a watterfaa's I iver saw. Mither, tho, jist knypit on wi her ganzie. We stoppit again at a wee Irish village an I treetled in tae the shoppie tae buy juice. Bi noo, I wis eesed tae aa the Irish voices aroon me. They war bonnie an sang-like, nae the wye fowk spakk back hame.

"Sure an you'll be from Donegal, with a voice like that on ye," burred the wumman ahint the coonter. I noddit my heid, grabbit the juice an ran. I'd bin smitten wi an Irish lilt! I micht nivver spikk the Doric again! Back inno the car tho, the auld weel-kent spikk cam back at aince.

"Ye war gey lang in yon shoppie," quo Mither nippily. "I jist trust ye hinna bin buyin mair crucifixes tae yersel, that's aa."

Sae on we skelpit, sooth bi east noo, wi Da beltin oot *If ye're Irish, Cam intae the Parlour,* as he negotiated the kittle neuks o the narra Irish roads. Fur eence, we'd nae idea far he wis makkin fur, for the neist selection o choruses war aa American, *Deep in the Hairt o Dixie, Swanee River,* an *The Yella Rose o Texas.* I hae nae notion ava fit sparked yon aff, ither than a chiel dawdlin ben the road wi a muckle stetson on his heid, nae doot ane o yon Irish-Americans hame fur a wikken veesit.

The car jittered tae a stop in the car park o a gran castle nae far frae Cork, in a placie caad Blarney.

"We'll jist hae a wauk up yon stairs," Da telt us. "At the tap, ye'll spy the ither hauf o oor Steen o Destiny that we crooned the auld Scots kings on. Yon steen, it's got byordinar pooers. Twis gien tae Cormac McCarthy bi Robert the Bruce in 1314 fur helpin him fecht at Bannockburn. An fa-iver kisses the Blarney Steen is blessed wi the gift o the gab. Faiver kisses yon steen is gien the pooer tae chairm the verra birdies aff the trees."

As I booed ma heid tae kiss the muckle steen, I winnered foo mony ither gypit quines like masel hid slabbered an slavered aa ower yon daud o rock. Bit I did it onywye. Like washin yer face in the Mey dyew – faith, ye niver kent bit mebbe the Blarney Steen *did* hae cantrip pooers anaa!

We cairriet on north syne, bi wee parks the size o hankies. Irish parks war that wee the coos hid tae back inno them like caurs throwe a gairage door – little better than stable staas they war fur the beasts. At the antrin hoose, a draiggle o dyeuks an hennies wannert in an oot the door as if they hid as muckle richt tae the rin o the place as the fermer fa bedd there. I likit this sibness tae the beasts bit didna ken fit it micht dae fur the trig hoosie inside. The weather wis warm an sunsheeny, the girse sae fresh it could hae bin scrapit aff an artist's palette, an Da wis singin *The Forty Shades o Green.*

"D'ye iver hear tell o the twa Irish Rary birds, the big Rary bird an the wee Rary bird?" he speired o a suddenty.

I hid tae awn I hidna.

"Weel, the twa fell oot an hid a fecht, an the wee Irish Rary bird lost. The big Rary bird wis jist aboot tae haive him doon a great heich cliff, fin the wee Rary birdie priggit fur mercy."

"An fit did he say, Da?"

"It's a lang wye tae tip a Rary!" quo Da, kecklin fit tae burst at his ain heeze. Mither jist groaned.

We didna dauchle at Tipperary, tho even Mither jyned in *yon* chorus, an cairriet on in braw style east throwe Kildare tae Dublin, the jewel in the Emerald Isle. Da waxed romantic here.

> *In Dublin's fair city*
> *Where the girls are so pretty*
> *I first set my eyes on sweet Molly Malone*
> *She wheeled her wheelbarrow*
> *Through streets broad and narrow*
> *Singin cockles an mussels alive, alive o!*

We booked inno a room abeen a snug, at Dun Laoghaire. Rich broon Guinness aawye, an aa ma fowk teetotal. I wis ower young, an Dublin wis ower auld. Fur twa days I treetled back an fore ahin ma fowk as they reenged the Liffey an gawped at the Book o Kells. I got a begeck tho at seein bairns, nae younger than masel, gaun barfit an beggin in the causeys.

The nicht afore we left fur hame, an unco thing cam aboot. I breenged inno oor room an a wee plastic bowlie stuck bi a sooker fell aff frae ahin the door an drappit wi a plap tae the fleer. The wee bowl hid bin full wi haly watter an left fur us bi oor landlady. Weel, I kent weel eneuch I hid dane a truly awfa thing, a maist terrible thing. I hid scaled haly watter blessed bi the priest an I maun gyang tae Hell an birssle like a rasher o bacon furiver fin I deed!

Da saved the day fur me. He tuik the bowlie intae the lavvie, fulled it wi watter frae the tap, spat on the rubber sooker an stuck it back aneth the wee postcaird o the Virgin preened tae the door. "There noo!" quo he. "They'll niver ken!"

Bit *I* kent. Aa yon nicht I wytit fur the Deevil tae cam roarin ower the Liffey wi his deevilicks tae powk me wi their prods. Wytin fur yon veesitation wis near waur nur haein it. Bit the Deevil maun hae bin fell busy yon nicht in Tipperary or Killarney or Kildare, fur he nivver cam tae prod me. An aa yon nicht, up frae the chink o glaisses in the bar, wachtit the latest Dublin tune.

> *The sea, oh, the sea —— chink, charee ——*
> *Long may it roll between England an me —— chink, chink,*
> *charee ——*
> *Thank God we're surrounded by water!*

There wis nae gettin awa frae watter in Dublin, yon wis plain. "Did youse sleep well?" speired the landlady neist mornin.

"Like a lamb," quo Da.

Bit I hid lain aa nicht like a lamb wytin tae hae its throat cuttit. I wisna richt till Dublin disappeared ooto the wing mirror an the wheels spun north aroon Dundalk bi the Mountains o Mourne.

> *Oh, Mary, this London's a wonderful sight*
> *With the people here workin by day an by night*
> *They don't sow potatoes nor barley nor wheat*
> *But there's gangs o them diggin for gold on the street*
> *At least when I asked them, that's what I was told*
> *So I just took a hand at this diggin for gold*
> *But for all that I found there, I might as well be*
> *Where the Mountains of Mourne sweep down to the sea*

I dinna think I iver heard ma faither sing bonnier. The Irish Sea an its waves clappit time tae him as he sang it, an he sang it richt sad-like, till ye near thocht ye wis yon Irishman, hameseek an lanesome in London, hyne awa frae his ain kintra in the smog an steer aboot the Thames.

"Fit's the difference atween the English an the Irish, Da?" I speired. He squared his shooders, an thocht a meenit.

"Ye canna miscaa the English ava," he telt me. "It's watter aff a dyeuk's back. The Irish an the Scots'll haimmer ye if ye takk the laen o them. They hae fire in their bellies."

The Scots an the Irish an the Welsh war aa like dragons then, fiery Celts. The English, bi Da's wey o't, war nae mair nur damp squeebs. *The Mountains o Mourne* wis the last Irish sang he cam oot wi tho, fur his thochts noo were aa fur Scotlan aince mair. *Mormond Braes, The Bonnie*

Lass o Fyvie, The Barnyairds o Delgaty, Leezie Lindsay, an his favourite abeen aa, *Jock o Hazledean*. The great grey sea cairriet the notes afore us like a skein o geese:

> *Why weep ye by the tide, ladye,*
> *Why weep ye by the tide?*
> *I'll wad ye tae ma youngest son*
> *An ye shall be his bride.*
> *An ye shall be his bride, ladye*
> *Sae comely tae be seen—*
> *Bit ay she lat the tears doonfa*
> *Fur Jock o Hazledean.*

O the hale holiday, yon's fit's stuck wi me doon the years – Da, aa sax fit twa o him, hunkered doon ower the rail o the Irish ferry wi his bunnet rammed hard aboot his lugs tae haud aff the win, twa days o black stibble roon his chin, singin fur the sheer joy o't tae ony passin sea-myaa that wad listen. On the ferry hame, I didna say muckle.

"Ye're affa quaet," quo Da. "Is she nae affa quaet, Mither?"

Bit I wis savin ma spikk fur ma friens. *They* micht hae skied doon the Eiger, or stravaiged aroon Rome an Venice. Bit *I* hid kissed the Blarney Steen, the ither hauf o oor Steen o Destiny; an noo, like the siller-tongued Irish we'd left ahin on the shores o Erin, I kent, I jist kent it in ma beens, I'd bin blessed wi the gift o the gab!

MARTINMAS

Langsyne fowk killt the winter mart,
Byled puddens in the pan,
Fin deein birks an hingin saughs
Drapt leaves alang the lan.

St Martin watches howfs an drouths
Wi Bacchus at his airm;
The swalla quats the frostit eaves —
Yon's flittin time at term.

Reid poppies bloom on ilkie briest
Fin Samhuinn rules the mist;
The waukrife Deid gar ye takk heed
Fa quit the rottit kist.

Sae step aside an let thaim pass,
The itherwardly fey;
Fur Jacob's laidder's thrang wi wings
On guid St Martin's day.

VEESITORS

It wis the back eyn o October. Horse chestnut trees war hingin yalla an roosty reid. Starlins war skailin frae aff the wids like puils o tar, and the antrin mavis wis scrattin in the grun fur wirms that war latchy tae rise. The first frosts o winter hardened the lan like the fit soles o some auld wife that hid waukit ower muckle alang life's roadies. In the castle policies, a licht haar raisse frae aff the bracken like its ain braith. Leaves in the beeches rattled like Sally Army tambourines – dry though, withoot the chink. Cowpit conkers rowed ooto their green mace armour and sattled on the girse like polished mahogany. Rose hips bluid-spattered the sheugh, an a bigsie cock pheasant struttit ooto the whins, trailin his lang sheeny feathers like a bridal train.

Twis the Sabbath, wi clouds ahin a wattery sun that foretelt a doonpish. On the wireless, the news wisna guid: war wisna far aff; war that aabody thocht hid bin ower an dane wi efter the last een. Aa yon fechtin, aa yon bluid, fur naethin. Twis the Sabbath, an Arthur hid brocht his quine, Nancy, tae the castle fur a day oot, waukin throw the wids an gairdens, a bit o a daunder wi his brither Chae an *his* best quine, Winnie. The twa brithers war coortin local lassies – "Hame-grown's aye best," Arthur leuch.

As wis aften the wye in yon airt, Chae an Winnie war far-awa cousins. "It'll save siller on the waddin invites," quo Chae, "seein' we share hauf the relatives atween us!"

There wadna be mony fine days left fur Arthur tae dauchle wi his quine, bit Chae wis exemptit frae war service. Transport an food production maun be kept gyaun, an Chae did baith, drivin a bus throw the day, helpin oot on his faither's craft fin he cud. Arthur tho, wis a different kettle o fush, a bank clerk, a scout maister, a jazz band trumpeter, a lang streak o a loon wi a croon o neat blaik curls that sat atap his heid like a nest o brummils. Already the army war sikkin Arthur tae takk a commission.

"I canna afford a commision, ye ken that," said Arthur tae his brither. "Ye've tae dress fur the officer's mess, an the uniform isna chaip. Forbye yer expeckit tae hae an officer's bank balance. Siller's ticht at hame as it is."

Chae nodded. Their faither hid sired a roon dizzen o a faimily, brocht up on "tatties an pynt." Aince a year their faither killt a soo, an aa the rest o the year the littlins pyntit at it. As heid o the hoose, their faither got the bacon. Aabody else, frae their mither tae the dog, got tatties an brose, or winted. Whyles, if their Da hid made a guid sale at the Abyne mart, some lucky loon micht hae the tap aff his egg at brakkfaist time. They didna sterve – naebody sterved in the kintra that ained a gun or could trap a bawd or drap a line inno the Dee fur a salmon – bit they didna live like lairds neither. An the officers wad be maistly lairds' loons, the brithers kent that. An lairds forbye hid wyes o keepin ye in yer place.

"I'll sattle fur sergeant's stripes – *Sergeant Arthur Middleton*. Disnae yon hae a ring till it?" the young loon lauched. "Will ye fancy me in a kilt, Nancy?"

His quine tichtened her grip on his airm an lookit intae his face. "I dinna wint tae spikk aboot wars the day, Arthur. We're here fur a day oot."

O a suddenty, she clappit her mochled hauns thegither wi pleisur. "See, Arthur. See, there's a hedgehog ower yonner. I see it! I see it! I've niver seen a hedgehog close tee. Bring it ower fur us aa tae hae a luik."

Nancy wis saxteen, still a bairn really. "Easy kittled, easy coortit, easy made a feel o," the auld spikk ran. Bit Arthur wisna the type tae makk a feel o onybody: saft-hairtit fur a laddie, wi white saft bank clerk's hauns, musician's hauns that niver held onythin mair roch nur a trumpet. He left the wee group staunin on the path an strode aff throw the bracken. Fur a wee bauchle o a beastie, yon hedgehog wis gaun at a fair lick. It snochered an shauchled its wye aneth a pykit-weir fence that Arthur hid tae sclimm. Yon slawed him doon bit, far the wid turned thickest, he cam tee wi't. Nearhaun, a gairdener wis scrapin leaves thegither inno a boorich. Arthur nodded tae him, booed doon, liftit the hurcheon an rowed it up in his scarf.

He wis jist aboot tae pit it in his jaiket fan he spied the quine hersel comin frae the Big Hoose. The gentry wis aye haudin concerts an balls sae it wis naethin tae see them in aa their finery. Bit ye didna aften see them ootbye in their auld claes. Still, mebbe the lassie hid felt like haein a braith o air. Mebbe she'd winted a whylie ooto the steer o fitiver pairty wis gaun on up at the castle. If she'd bin a thochtie aulder, he wadna hae spoken tae her at aa. He kent his place. Aabody on Deeside kent their place. Ye didna fraternise wi the lairds or their like forbye they tuik ye aneth their wing as patrons. An even then there war rules. They war frienly eneuch – but on their ain terms. Arthur's band hid played jazz whyles, gaein roon the hooses o the local lairds – fegs, his faither hid even gien him a middle name efter ain o them: Cecil – Arthur Cecil Middleton. His ain faither was something o a laird's pet anna; cleaned up an taen in tae sing fur his supper at the antrin soiree. The lairds pyed weel fur't as lang as ye myndit yer mainners an niver forgot yer place. Maist o the lairds war gey far ben wi the Masons an Chae an Arthur's Da wis in the Britherhood.

Bit this quine wis ages wi Nancy. Saxteen – nae mair nor seeventeen onywye. Her face wis hairt-shaped an her twa een the bonniest blue, like the speedwells ye see in the ley parks. An her hair wis yalla, blin fair, like the Auld Norse fowk micht hae haen. She wis staunin aneth an aik, a lang green shawl roon her shooders and a green frock trailin on the grun, an she wis rowin something in her airms – a bairn likely eneuch, though there wis niver a myowt comin fae't. Showdin saftly she wis, aa bi hersel in the castle wid. An she lookit that lanely aa hir lane, like some puir tint craitur, that Arthur steppit forrit tae spikk till her.

Bit far she slippit aff till he cudna jalouse, fur the neist meenit there wis neither hair nur hide o her tae be seen throw the skeleton airms o the trees. Back he gaed tae Chae an Winnie an Nancy wi the hurcheon rowed in his scarf, its wee wise face powkin ooto the tweed claith fringe as it coorried inno a baa o progs. He telt them aboot the quine, an Chae said they should speir at the gairdener, Alasdair Ross, fur he'd be bound tae ken far she'd wis gaein her lanesome. Faith, Alasdair Ross kent aathing; there wis nae bigger sklaik gaun.

Alasdair laid aff raikin the leaves fin they cam ower, leant on the raik, tuik a pipe frae his pooch, duntit it teem, stappit it wi baccy, crackit a spunk on the fit o his buit an kinnlit it. Syne he tuik a lang sook an watched the smoke curl inno the quaet air.

"Ye say ye saw her staunin aneth yon aik?" he speired Arthur.

Arthur noddit. "Aye, an I'd sweir she wis cairryin a bairn at her breist, tho it didna greet nane."

"Is she frae hereaboots?" Chae wintit tae ken.

"Och aye, she's local richt eneuch," quo the gairdener. "Aye, she's frae this airt aa richt."

Syne the gairdener telt them fit aa he kent o yon quine in the castle gruns. The spikk gaed that she wis some auld laird's dother, hyne, hyne back, that hid coortit a local loon against her faither's wishes – some said he wis a shepherd, ithers that he wis a gaun-aboot body, ain o the traivellin fowk. Fitiver he wis, he'd bairned her. An the auld laird wis black affrontit, an the quine wis keepit inbye, wi naebody tae veesit her ava, nae friens tae spikk till, naebody tae see the shame o her growin wame. Weel, ye'd hae thocht a new-born bairn wad hae saftened the auld laird's hairt but damnt the bit! It turned him mair agin the quine than iver. An fur seeven nichts efter it opened its een inbye the castle waas, it grat like a banshee, howlin fit tae burst, till the auld laird hid it smored fur a bastard geet, an its mither's neck wis thrawn fur the hoor he thocht she wis, tho fa he pyed tae dae't nae a sowel kent. She couldna be beeriet in the faimly crypt, nor yet in the kirkyaird doon in the clachan, fur in spite o aa, she wis a still a lady, wi a laird's bluid in her veins. Sae he hid them baith, mither an bairn, brickit up ahin a fireplace in the castle, at the back o a muckle lum.

"Foo d'ye ken aa thon?" speired Winnie.

"Weel, they fand the banes o the mither an bairn nae lang syne," Ross telt her, "fin they war plaisterin the waas ahin the fireplace. An a doctor chiel cam oot frae Aiberdeen tae see them, an said he'd stake his reputation on't that the quine wisna a year mair nur saxteen fin she deid, an that she'd lain in yon fremmit lair five hunner years or mair."

"Haud on, noo," quo Chae. "I heard somethin o the kyn frae ma mither aince. They caa her ghaist the Green Lady hereaboots. Bit nae mony hae iver seen her."

"Nae mony," quo Alasdair, gliskin hard at Arthur. "Nae mony ava. Bit aa that hiv seen her say the same thing. She's sterved fur human company, puir ootlinned vratch."

Ower the next few weeks an months there was mair tae fash aboot than castle ghaisties fur the twa brithers. Arthur's papers cam through, orderin him tae jyne the 51st Heilan Division. Chae an Winnie merriet ane anither, fur warfare his a braw wye o makkin up fowks' minds. Arthur an Nancy didna mairry though. He wis a quaet loon, Arthur, gey thochtfu like. "It wadna be fair," he telt her. "Far I'm tae be sent, I michtna come back. We"ll wyte or the war's past."

Letters cam back frae Arthur, bit fyew an far atween. His mither wad takk her glaisses ooto their case, dicht them wi a cloot, an read the twa-three lines ower an ower, burnin them inno her mind. Syne, she'd gie the letter tae Chae. "His quine micht like tae ken foo he's gettin on," she said. It wis her wye o speirin if Chae wad veesit Nancy tae fin oot fit news the quine micht hae gotten hersel frae the young banker-sodjer.

The war trauchled on. Noo an again a neebor wad hae yon knap at the door wi the wird that naebody iver socht. Doon by the Middleton craft, there wis naethin: eneuch that twa o the faimly'd bin killt the last time aroon. There'd bin nae wird frae Arthur, an yon wis queer, bit he wis sodjerin somewye oot in Africa – Arthur, that couldna thole the heat, plyterin aboot in a muckle kilt in the san; Arthur fa'd niver held onything deidlier than a pen or a hyew in his haun afore the forces tuik him awa tae train. Jist a lang raik hissel, he hidna the hurdies tae cairry the kilt wi ony style. Faith, the faimly either ran tae fat or war as thin's the links o a crook. Nae happy medium. Aywis affa trig, he widna like sharin a billet, his mither said – a pernickity kinno vratch fur a loon, ay likin aathing ironed an clean. Chae winnert foo mony irons there'd be in Africa, fit kinno sichts his brither hid seen oot there, an if it wid mebbe cheenge him.

Syne the war cam tae an eyn, the guid Lord be thankit, bit still nae sign o Arthur, an troop ships comin hame fair reamin wi sodjers, an celebrations aawye, like shipwrecked fowk that's bin saved fa thocht they wad shairly droon. Ae day, a letter cam – nae a telegram, nae thon, aabody feared thon – jist a regimental letter tae let his fowks ken Arthur wis bein brocht hame. Fechtin oot yonner in the het desert, he'd gotten san on the lungs, an his lungs warna gweed tae stert wi, fur ony hoast or pyocher laid him up an gart him wheeze like a kist o fussles.

Hame he cam syne, a rickle o beens inside a pair o strippit pyjamas, happed wi a dressin goon, his lang thin feet tint in twa muckle bauchles. Hame he cam tae lie in a sanatorium, alangside hunners o ithers. Fin his comrades at airms hid laid by their kilts an sporrans, an meltit back tae the lives they'd left, Arthur wis streekit oot in a hospital bed, weak as a kittlin, wheezlin an strivin fur breath as the wikks spreid inno months o hospital veesitin.

Winnie wis wi bairn bi noo, near echt month gone. Ane o the baby boom, fowk said, tho Chae'd bin nae farrer frae Deeside than Aiberdeen. Aince a fortnicht they drave oot tae veesit Arthur, on the day that Nancy, his sweethairt, couldna gyang. Takkin shottie aboot tae spreid the load o streetchin news oot like elastic, twisna easy fur Chae tae spikk muckle tae Arthur, fur Chae'd niver bin tae Africa. It made him feel guilty, in a wye, that Arthur hid bin picked tae fecht, nae himsel, fa wis far hardier an sturdier. He couldna jalouse Arthur fechtin, the quaet ane, the jazzman, the banker. Arthur niver as muckle as liftit his haun tae a dog, let alane a German. He winnert if Arthur hid killt onybody. Insteid, they blethered aboot faimly maitters, aboot the bairn that Winnie wis cairryin, aboot the faimly craft, aboot the weather.

Twis a roch hurl up tae the sanatorium. Chae's car duntit an stottit aff ilkie steen. Ae veesitin day the exhaust hid near faan aff gyaun ower a rock, an syne Winnie needit a drink o watter eence they war inno the ward. Arthur wis in gweed form thon day; his chikks war bricht reid an he wis merry as a miller, comin oot wi ae joke efter the ither finiver he could catch the breath fae his bladdit lungs. "I'll need tae book ye the bed neist me," he telt Winnie. "A roch hurl like thon's eneuch tae start the bairn aff ony time. It's a winner yer watters didna brakk in yon auld roost-bucket Chae rins!"

Efter a fly cup an a piece, at the eyn o the twa oors, Chae an Winnie left. Arthur gaed them a cheery wave, "See ye baith in twa wikks," he wheezled. "Tell Nancy tae bring in a paper fan she veesits the morn."

Hauf wye back doon the stoory, lumpy road, Winnie fand she'd left ane o her gloves on the wee table aside Arthur's bed.

"I'll drive back," quo Chae, "bit I'll nae come in. The peer vratch shairly disna ken foo ill he is. The doctor telt wir mither he wis jist pit hame tae dee. Naebody thocht he'd hing on this lang. The War's bin ower twa year noo. If twis a beast by the roadside sufferin like yon, I sweir I'd pit him ooto his misery as a kindness. Did ye see him the day, though? Lauchin like he hidna a care in the warld? Like he'd aathing tae luik forrit till? A blessin he disna ken, that he canna see fit's afore him!"

Fin Chae parkit the car, Winnie hashed back inno the sanatorium, noddit tae the nurses, an nippit intae the ward. They'd pitten Arthur inno a cheer, nae a sair job, there bein sae little mait left on the beens o him, the strippit flannel pyjamas hingin like the faulds o a tent, an the adam's aipple in his thrapple like a baa he'd chokit on. She liftit her leather glove frae the wee table – ane o a pair she'd gotten frae Chae on her birthday – an steppit forrit tae spikk a wird tae Arthur.

He didna see her. He hidna heard her come in, hid thocht it wis ane o the nurses movin ahin him, sortin the bedclaes likely. He wis glowerin oot at the wids, in their midsimmer finery, his twa lang airms in his lap, wi the beens powkin throw the skin he wis that thin. An syne he sabbed, sic a lang, low sab it wis, an grat like a bairn, tear eftir tear rinnin doon his face undichtit, as if his hairt wis brukkken, till the roch black stibble on his blae, sunken chikks wis weet like he'd jist washed his face.

His sister-in-law raxxed oot her haun tae touch his shooder, syne thocht better o't. Arthur hid winted Chae an hersel tae myne on him lauchin an happy. They hid aathing in the world tae luik forrit till – a new bairn, a hame, a future; bit Arthur? Aye, Arthur kent aaricht he wis deein, hid kent richt frae the verra start. He kent fine fit his future wis. Quaetly, Winnie tiptoed oot the door.

"Ye dinna ken fit it costs him tae be sae cheery at veesitin time," a nurse body telt her. "We see him like yon aften. He screws himsel up fur veesitors, jist tae makk on he's fine. If iver I saw smeddum, yon's it."

Twa wikks efter, the bairn wis born, on the verra day Arthur wis taen awa. "Ane comes; tither gyangs," quo Chae as he luikit doon at the wee quine in her cot. "Weel, he'll suffer nae mair – an at least he niver kent fit wis facin him." Winnie didna pit him wise, kennin foo muckle Chae loued his brither Arthur. Bit Nancy, his sweethairt, wis inconsolable. Fur the first wee whyle she spent day efter day at the new-dug grave in the village kirkyaird hard by the castle. Sic a rowth o daiths there'd been in the tail o the war, that the War Office war latchy in pittin up stanes tae the deid. An Arthur hid bin killt bi the war jist as shair as if he'd bin shelled or shot or bayoneted. His name in gowd letters stuid on the Roll o Honour, sma remeid fur a young life snippit aff in the first flush o manhood.

Noo the leaves o the trees war turnin yalla an broon at the back eyn o the year, an still nae steen pit up. Nancy wis doon on her knees wi a jam jar, pittin flooers inno't fan she heard a cracklin an a scooshlin soon.

Luikin ower tae a far neuk, she scried the castle gairdener, Alasdair Ross, raikin leaves tae clear the graves bi the auld waas. He stoppit awhile, an luikit ower tae her, kindly eneuch.

"Come tae spen a fylie aside yer lad, hae ye?" he speired.

"Foo div ye ken that?" she answered. "There's nae steen up tae say fa's beeriet here!"

The gairdener fummlit in his pooch fur his pipe, fichered wi't, then stappit it back.

"He saw her," he said, nae luikin at Nancy. "He saw her, ye ken! The Green Lady. He saw her. An she disna show hersel lichtly. I didna tell him thon. I couldna tell him thon. She wis sic a bonnie lass, sic a lanesome quine, sterved o luve an hungerin fur a young an cheerfu loon. An aince he tellt he'd seen her, I kent ye widna haud him lang. Bit I canna bide here newsin aa day. I maun keep the graves tidy fur their veesitors."

An turnin on his heel the castle gairdener boued tae gaither up a boorich o deid leaves, cheenged in ae wikk frae bonnie, leevin green tae freuchie broon.

THREE LITTLE WORDS

Three little words. Her mother uttered them half way through a glowing Sunday autumn afternoon, an afternoon when the leaves were completing their yearly magic trick, changing from humdrum green to glorious glowing gold, copper and bronze, as if dipped in an alchemist's crucible. The very trunks of the birch were shot through with silver. On a lone apple tree in an isolated farm garden, one solitary brown apple clung tenaciously to a bough, but even it looked like a Halloween apple coated with toffee, its rottenness over-ridden by the sheer pleasure of the colour. Eve in her Eden would have been sorely tempted to bite it.

Three little words. Her father had been driving along a solitary glen that wound and climbed up the purple Highland hills like a tendril of ivy. The little black Morris Minor was moving slowly, so that the majestic panorama of heather, clouds, and trees could be enjoyed in a kind of ocular ecstasy. "There's always divorce," her mother had incongruously announced, the words coming out of nowhere like Banquo's spectre. Sitting on the creaky back leather seat, Margaret Macdonald, their eight year old daughter, cocked her ears in alarm. For all her youth, she knew from her friends at primary school that divorce meant families breaking in pieces, drifting apart, changing houses – and never for the better. Her friends, Dot and Julia, were both the victims of broken homes. Both their mothers had dropped several rungs on the social ladder since the D-I-V-O-R-C-E (so horrid a state, that adults spelled it out in whispered letters). Their mothers had grown lean and anxious-looking; they shopped for sticks of furniture in cheap flea-pits and – horror of horrors – dressed Dot and Julia in clothes from the charity shops.

Dot's mother, slightly more astute than Julia's, still clung to the pretences of her former existence. She saved carrier bags from Watt and Grant, that temple of middle-class pretension, to carry the second-hand garments past the sneering noses of her neighbours. Many of the clothes *were* originally from Watt and Grant, so it was a fair deceit. When Dot grew out of the second or third or fourth-hand attire, her mother would cut the shop labels from the garments and sew them painstakingly onto the second or third or fourth-hand wardrobe that Dot had just grown into. Julia's mother, less resilient or inventive, had simply been crushed into slatternly ways by the sheer weight of grinding, ego-leaching, mind-numbing poverty.

Who, wondered little Margaret, could be thinking of such an unspeakable thing? It was, after all, the 1950s, when most mothers stayed at home, dusting, baking, changing nappies, scrubbing clothes on corrugated washboards and cranking them through dripping mangles before pegging them out to flap in the soot-laden air. Mothers raked out the old embers, laid new fires, knelt on cold linoleum lobbies with tins of polish, and rubbed and rubbed and rubbed till everything shone. Then they peeled potatoes, scraped vegetables, and tramped from butcher to grocer to fish merchant, before steering homewards again like small heavily laden coasters. After that, they walked the dog.

Fathers, on the other hand, went out to work. They changed light bulbs, carted rubbish, mended fuses, hammered nails, wielded paintbrushes, pasted wallpaper and dug the garden. After that, they read the papers, smoked a pipe, listened to the radio and told everyone to *please be quiet* when the News or the Football came on. Margaret hated the News and the Football with a passion – especially the Football, which lasted forever, and concerned rows and rows of meaningless scores attributed to teams called Rovers, or United, or Rangers, or Academicals. Margaret Macdonald profoundly wished that the fleet of rusting trawlers tethered to the quay back home would ferry them all, every inside-forward and outside-left and right back amongst them, out beyond the harbour bar and drown the lot of them. Freedom of speech would thereby be restored. The football ritual was known in the Macdonald household as "Doing the Shotties" – in other words, filling up strings of Xs on a Littlewoods coupon with the sole aim and purpose of winning a fortune.

"Why is it called Shotties?" Margaret had asked her father.

"Because everyone has a shottie at winning the pools," he said.

"Why is it called pools?" she'd persisted, stubbornly, thinking of her Scotty puppy, Monty, and the little accidents which drove Mrs Macdonald to dark threats as to the dog's future.

"Little girls should be seen and not heard," Mr Macdonald had retorted, going on to chant his favourite maxim:

> *The wise old owl sat in the oak*
> *The more he heard, the less he spoke.*
> *The less he spoke the more he heard*
> *Why can't we all be like that bird!"*

Three little words. The last one, "divorce", couldn't possibly be hanging over her family's head like the sword of Damocles. Not her own mother and father! Mother went to church every Sunday and God was safe in His heaven. The sun was round and unbroken as an apple pie. Divorce was ugly and scandalous. Kings abdicated because of it. Marriage, her grandfather said, was all about setting standards, showing a good example, and honouring vows. People who divorced were loose-living folk with no moral fibre at all. Society rejected them. Divorcees were scarlet women, shop-soiled goods. Not like widows. Widows were respectable and hadn't fallen from grace. It wasn't a widow's fault if her husband upped and died on her. You knew how to talk to a widow, whereas divorcees were beyond the pale. They certainly weren't the sort you invited to dinner. Divorcees were either man-eaters or man-haters. Their children were latch-key kids, simply dragged up. Not the norm at all.

Father made no reply to her mother's pronouncement but continued to drive in silence for some miles past brooding, pine-dark hills, whistling cheerfully as he usually did when on the move. A private man, he liked solitary roads. And wherever he went the Macdonald family unit went also. Like a slab of granite, the family was solid and durable, not like some families that were as fissile as flint.

Margaret Macdonald peered unhappily through the car window. What if her parents *did* split up? Who would she live with? Father, she supposed. But what if... what if Father found a lady he wanted to marry? Margaret wouldn't let him marry anyone else. She would refuse to share his affection with anybody, not even Mother. Margaret was her father's Queen of Hearts and nobody was going to usurp her. The little black car had purred its smooth, shiny way for a further half-mile when suddenly a small red squirrel appeared on the branch of a pine, bobbing up and down like a stringed marionette.

"My, just look at that," said her father. "A wee reid squirrel. Isn't he richt bonnie?"

The little girl heaved a sigh of relief. She was no carefree child ready to throw caution to the four winds. She liked set routines, breakfast on the table at eight, a life running on tramlines. As her Uncle Grant had said, with his typical military bluntness, she liked to know the ins and outs of the cat's arse.

Some months after that memorable Sunday excursion, with her mother's odd pronouncement, Mr Macdonald slipped off a ladder while painting the garden shed, and hurt his back. For a week he slept on the floor, suffering the ministrations of a Monty delighted to have a horizontal companion and who licked his face lavishly till the patient vowed that when he rose from his bed of pain he would kick the hairy bugger tae the back o beyond. Within the week, however, two brand new single beds had been delivered to the Macdonald home, complete with matching single sheets, pillow cases, and quilts. The matrimonial double bed and bedding were relegated to the loft, to a redundant roost in the dusty eaves ostensibly kept for the odd guest who might want to stay overnight – except that no one ever popped in unannounced to the Macdonald home, and certainly never stayed over. Visitors came only when invited, when a path had been mentally laid for them, and when Mrs Macdonald had looked out the family best china and nipped along to the shops for a fine piece.

No sooner were the new beds in place than Mrs Macdonald was busily cranking the old double sheets through the wringer before drying them, ironing them, and securing them in the archives of the linen cupboard. She kept a key about her person to that particular cupboard and at one time Margaret entertained the certain belief that it held hidden treasures – family jewels or silver – and she had been greatly disappointed when, privy one day to its opening, she was confronted by regimented rows of shelving laden with neatly-pressed linen of every kind. Mrs Macdonald had keys to everything: to the pantry, the sheds, the front and back doors, the best room presses with their wines and spirits, and to the glory-hole under the stairs. It would have taken a team of burglars years to pick all of Mrs Macdonald's locks.

Margaret was playing with Monty at the foot of the garden when her mother hung the dripping double sheets up on the line. They plunged and reared against the four winds, like the horsemen of the apocalypse.

Mrs McFarlane from over the dyke beckoned to Mrs Macdonald and, with neighbourly subtlety, nodded towards her own pink double bedding, skelping the breezes with all the brusque confidence of a skilled masseuse.

"I see ye've been gettin new beds, Sadie," she remarked. "Single eens an aa. Ye'll be expectin visitors then?"

"No," said Mrs Macdonald with reluctance. "They're for me an Graham."

"Hiv the twa o ye haen a faain oot, then?"

Margaret's mother snorted like a restive mare and vigorously brushed back her long mane of greying hair.

"Single beds are aa the rage noo, d'ye no ken?" she declared, with all the authority of a fashion guru. "Onywye, Graham needs a hard bed since he hurt his back. I like a saft bed. Nae mair cauld feet on my bum since the new beds moved in. I'll tell you this, though: I wish I'd done it years ago. That single bed's gien me the best nicht's sleep I've hid in years."

Mrs McFarlane was unconvinced. Maybe indeed it was all the rage. But a hot water bottle, she ruminated, was no substitute for her Bert's twenty stones of affectionate, sagging curves. Human contact in all its forms – hair, sweat, blood and semen – was infinitely preferable to the solitude of a single bed. Bert was her strong defence against December draughts, chilly sheets and loneliness. At night she would sink contentedly into Mr McFarlane's bulk as if into an enormous cushion. More supportive than any brassiere, his flabby chest enfolded her breasts in a soft, secure warmth. And lower down, Bert's abdomen moulded itself to hers with an intimacy that recorded each bodily function with deeply comforting precision. No, it wouldn't have been Mr Macdonald's idea, she knew, that single-bedded nonsense. It would have been Sadie's naturally. Mrs McFarlane had always thought her neighbour a bit of a cold fish, stiff and unbending as a broom handle.

"Well, if you're happy, Sadie, that's all that matters of course. As long as it doesn't rock the boat."

But the Macdonald matrimonial boat remained seemingly unrocked. Though storms might overwhelm other folk's marriages, the Macdonalds sailed upon a connubial vessel that was stabilised by custom, marital vows, duty and, of course, Margaret herself, Mr Macdonald's very own little princess. When Father spoke in wrath, no voice was raised in reply and, after a vocal explosion of heat and flame, his anger would fizzle out like an untended fire. Margaret, like her mother, showed no anger. One temper in the house was quite enough, her mother always said. Rage was not for women: it wasn't ladylike or proper. Temper was a luxury permitted to men, though not to be encouraged. When father raged, Mrs Macdonald put on the face she saved for Monty the Scotty when he left one of his puddles on the floor.

Margaret had raged once only in her whole life, when another child had spilled her new paints.

"Don't be silly, Margaret," her mother had said icily. "That sort of carry-on won't mend anything."

Scorn was a very effective rage-stopper. It was like having a bucket of emotional cold water thrown over you, bringing you suddenly to your senses. On one particular rage-laden day, when Mr Macdonald was papering the lobby, the paste had been lumpy, the paper wouldn't stick and he'd dropped the brush, Mother had interrupted him in mid-roar.

"Hiv you taen leave of your senses?" she cried, her thin lips straight as a taut line. And Father had huffed and puffed but stamped off without another word. How dreadful, thought Margaret, to be out of your senses. How awful if Father were permanently to be parted from them, locked out from his sanity, never to get back. Mother's temper, Margaret supposed, must be secured like the linen sheets in the cupboard, safe behind a turned key. Quite the best place for it, she agreed, in that house of locked doors and hidden, secret things.

Margaret herself would never have dared lose her temper and risk taking leave of her senses. Her father's raging against the tax man, against fate, against his bad luck with the pools, rumbled away in the back of her world like Mount Etna, occasionally erupting and so deserving to be treated with prudent respect. One day she overhead a snippet of gossip that hung tangibly in the air between Mother and Mrs McFarlane like a tasty piece of fish being shared by a cormorant and a stalking heron. Mother often assumed the pose of a fishing heron during these neighbourly chats, one leg crooked slightly up, grey hair ruffled, arms bent at the waist like two grey wings. Mrs McFarlane was sleekly stout, rather greasy and black, with a long nose, much like a predatory cormorant.

The topic of discussion was pretty Mrs Simpson from the house on the corner, who had been seen sporting two black eyes. Her husband, Joe, a merchant seaman, had come home to catch her in bed with a travelling salesman.

"Serves her right," said Mrs McFarlane. "I'd expect *my* man tae gie me a good skelpin if he caught me at it. At least it wad show he still cared."

"Oh, you think so, do you?" sniffed Margaret's mother. "Graham just once lifted his hand to me, just the once. I dinna even mind what it was aboot – some stupid argument I was winning. 'Hit me, my lad, if you *dare*, and out I walk straight through that door and don't ever come back,' I told him. And he kent I meant it, tae. Any man that raises his hand to a woman is just vermin."

Margaret was not familiar with the word vermin, but her mother spat it out so venomously she knew it wasn't nice. Father, she knew, often seemed about to burst in his rage but, like a well-bolted door that rattles and shakes against a mighty wind yet never gives way, he always refrained from physical violence. And so, despite the intermittent verbal storms, the Macdonald marital home stood firm, while all around others crumbled.

As Margaret grew into her teens, she regarded her parents with grudging admiration. The marriages of her friends' parents toppled like ninepins, as wedlocks were unlocked by sheer ennui or infidelity. Middle-aged men, it seemed, were almost boringly addicted to much younger females. Wives, like cars, were traded in for younger and flashier models. Their children, innocent casualties of such transactions, either shaped up or shipped out. With conscious relief, Margaret acknowledged that the boredom and mediocrity of her parents' marriage brought her a wholesome sense of safety and stability.

The years turned slowly upon their axle. Sadie Macdonald suffered a stroke and became like an old gnarled oak, blighted by lightning. Margaret had long since moved out of the family home and into her own maternal nest. It fell to her father to look after the old woman, now increasingly incontinent. Sadie was not an easy patient. Peevish, demanding and tyrannical, she laid the lash of her tongue steadily to her husband's back.

"How do you stand it?" Margaret asked him one day when she had dropped in unexpectedly for a chat with her father. The two were as close as ever – "As thick as thieves," Mrs Macdonald commented dourly. The long-established roles her parents had assumed were now reversed. It was Mr Macdonald who cooked, and cleaned, who fetched and carried and polished. It was Mrs Macdonald who raged, railing against her infirmities.

Father was rinsing her mother's tights in the sink. The nylon was thinly smeared with excrement and Margaret gagged. "Throw them out, Dad, for God's sake," she counselled. "Why give yourself that kind of work?"

"Would be a waste," her father said. He was a thrifty man, not mean, but canny in the old Scots way. Stumps of soap were melted down for re-use. Pennies were counted; everything was properly accounted for. It was a way of life that was quickly vanishing in an age of disposable relationships, of reconstituted families, of serial monogamy.

"Besides, she'd do the same for me if I was in her shoes. I owe her that much. It comes with the wedding vows, for better or worse, ye ken."

His face, Margaret noticed with a sinking heart, with the eye of affection and dismay, was the colour of ash, like the fine powder he scraped from the hearth each morning from the dead fire that had cheered the day before. And always, her mother's orders were goading his old bones on with their needing, needing, needing. No let up, no reprieve, no way out but one. All doors locked but one.

Like a workhouse flogged to a standstill, one spring morning Mr Macdonald fell in his tracks and died immediately. A massive heart attack. A blessed release. The family G.P assessed the situation in two minutes.

"Your mother needs constant night and day care. Far more than you can provide. You know, your father's efforts on her behalf were quite astonishing, given his own health problem."

Accordingly, Mrs Macdonald was taken off to a nursing home. For once, her locks had been useful. The small metal safe up in the attic yielded enough crisp notes to keep her in nurses and single sheets for years.

Margaret's relationship with her mother improved vastly once Mrs Macdonald was safely encapsulated in the placid cocoon of the nursing home and the oedipal triangle had at last been resolved. Maybe now it was time to start again, to get to know her mother, to open a few locked doors. But already the old woman's mind had begun the slippery, inexorable descent into senile dementia.

"She's not bad for an eighty year old," a freckle-faced nurse commented, plumping up the patient's snowy pillows. "Quite a clever old thing when she's in her senses. Her mind wanders at times, but right now she's tickety-boo."
"Tickety-boo," thought Margaret. "Tickety-boo!" What an odd expression: as if her mother's mental clock went tickety-tick as long it was allowed the occasional *boo*.

She pulled up a chair by the bed, and, gracefully as a Bacchic bride, offered her mother a grape. The fingers querulously transferred it to the seamed, ridged bluish lips, gummed and white at the corners, just as the small grey eyes were plugged at the sides with a waxy accretion.

"I've locked your Dad out," Mrs Macdonald announced to a startled Margaret. "I've got my pride, after all. I winna sleep with ony ither woman's leavings. I've got my self-respect. I'm worth mair than that. It's aa ower."

Three little words. Three little words. "It's all over. It's all over. It's all over." Margaret left the hospital, through streets where wet leaves lay like fallen stars, toppled from their high pedestals. Through all her forty years, from child to woman, looking in from the outside at her parents' marriage, she had cast her mother as the cold one, the inferior half of the pair, a cardboard cut-out wife, a calculating, faithful, industrious, frigid drudge, in whom all joy was extinguished and who, in turn, extinguished all joy. Her need for answers took her to Mrs McFarlane's door where she pressed the bell urgently, waiting with mounting impatience as the old woman toiled through the long lobby in worn carpet slippers. She could hear her wheezing as she lifted her hand to the latch.

"Margaret Macdonald! Whatever brings you back here? Come in, my dear, come away in. We'll hae a wee fly-cup and a blether about old times. Sic a shame aboot your faither! Aye, we were neighbours a long time, a long, long time."

The old lady clattered china cups on to the tray, the ritual preliminary for an exchange of gossip. She would have liked to lead up slowly to the purpose of Margaret's visit, to tease it out, the better to savour the revelation, whatever it was. However, like a burn in spate breaking its banks, Margaret's curiosity could contain itself no longer.

"Mrs McFarlane," she said, casting all social niceties to the winds with solemn bluntness, "did my father ever have an affair?"

The withered hand, tipping the teapot forward to dispense the tarry brew, wavered slightly, then continued to pour. Without once glancing in Margaret's direction, she replied unhesitatingly. "Aye. Aye, he did, lassie. Single beds!" she snorted derisively.

"They didna fool me for a minute! Your Dad was a handsome man, a fiery lad when he was younger. Your Ma, ye see, didna care ava for thon side o marriage." Mrs McFarlane shrugged. "She telt me aince that yer Da didna mak ower mony 'demands' on her. That says it aa, dis it nae? If Mr McFarlane hidna made 'demands' on me, I'd hae needed tae ken why."

She paused a moment, her hooded eyes in their thin cowls of skin peering keenly at her guest. It was a lot for Sadie's lassie to take in, she reflected. It would be a new, raw wound, the hurt of her father's marital infidelity.

"Who was she?" Margaret inquired. doggedly. "Did I know her?"

"I shouldna think so, dearie," came the reply. "She wis naebody special. A chit o an office quine at yer Dad's workplace. A five-minute wonder. A flash in the pan." Given her mother's distaste for carnality, Margaret realised with a shudder that her very own conception had probably been a flash in the pan, a five-minute wonder.

"Why on earth did she stay with him after that, feeling the way she did?"

"Wha kens?" Mrs McFarlane replied, swilling the dregs of her tea clockwise around the bottom of the flowery cup. "I've often wondered that masel. Hate often binds fowk thegither as ticht as love, whyles tichter!"

Her visitor nodded in agreement. Oh yes, her mother would have made him suffer. He'd have known the full crippling force of guilt. The turn of the screw. His just punishment. And all behind locked doors, out of sight or sound of Margaret. Secrecy, that was her mother's way. Keeping up a douce front.

"I think maybe he stayed for your sake," continued the old woman. "He was terrible fond of you. And if he'd left, she micht hae taen her spite oot on you. An it's nae a fine thing, divorce, is it? It's gey messy. An yer Ma liked her hoose an aa her bonnie things aboot her."

Her reason for the visit over, Margaret chatted with Mrs McFarlane over the changes in the street since she had left, more to humour the old lady than out of genuine interest. Later, making for home through the dreich drizzle, her thoughts turned to her own marriage, her own holy wed-lock. Norman was a workaholic. They had no shared home life as such. He left home at seven each morning to avoid the rush hour, not returning till ten most nights, tired and strained. "I'm doing it for us," he'd snap accusingly when she reminded him that parenthood was a dual responsibility. "I'm lining our little nest for the future."

Rubbish, thought Margaret to herself, with a flinty spark of her mother's intelligence. He's doing it all for himself. He's empire-building. A wife and kids are just camp followers. A piercing trill made her glance up with a start. Two nesting birds were taking it in turns to feed their hungry offspring. Margaret's own chicks turned to her alone for sustenance, company and nurture. And she was weary of that, so very, very weary of being a single figurehead. Small comfort in being queen of the castle when the king was always away crusading. She was still young; scrubbed up quite well when she made the effort. Nowadays locks could be picked, bolts could be slipped, doors opened. Straightening her shoulders, as a vague plan begin to form at the back of her mind, she quickened her step. Three little words flew into her head like birds of paradise perched upon a cerebral rainbow of hope.

"There's always divorce."

CEEVIC DUTY

Miss Emily Gray bedd in the eyn hoose in the raw o semi-detached brikk biggins that wis Wellington Wauk. The street wisna caad efter the Iron Duke as a body micht suppose, bit wis tagged bi a toon cooncillor wi a fey sense o humour. The grun that the street wis biggit on hid bin at ae time a bog. Nae seener did the builders drain the bog, than the heivens opened up an a doonpish held the wirkers up fur wikks. The cement mixers war laired in dubs, the double-glazed windaes stackit in the yaird grew clortier an clortier, an the surveyors war up tae their oxters in clag – tyaach! A herd o hippopotamus cud hae wallowed up tae the snoot in the hoose founs, or even disappeared aathegither. Wikk in, wikk oot, naavies, brikkies, sparkies, plumbers an jyners plytered aboot in thir wellingtons: syne the name o the new street, Wellington Wauk.

The cooncillor fa'd named the street wis Miss Emily Gray's brither, Bulldug Gray, a bowdie-leggit, barrel-briested, kenspeckle chiel in the toon's chequered history – cooncillor bi day an heavywecht boxer bi nicht. Bulldug Gray hid a jaw o granite, een o flint, an a daud o grey hair that luikit fell like a auld Brillo pad atap his heid. His teeth fillins glimmered like steel, his backbeen wis iron, his hairt wis gowd, an he wis (wi'oot twa-facin a body in the tellin o't) as roch a daud o Torry rock as iver wis chippit ooto the side o yon steeny seaside toon.

Tae see Bulldug wis tae see Emily, fur they war like as twins, doon tae the wee grey mowser on tap o their upper lips. The faither o these twa wirthies wis Erchie Gray, fa'd served on the cooncil fur forty year. Wi their mither's milk, they'd sookit in the knowledge that man's chief eyn wis daein yer ceevic duty. Chief o this ceevic duty wis takkin pride in yer ain muneecipal bittie. Litter belanged i the bin an nae on the grun. Trees sud be clippit back sair an nae allooed the frivolity o raxxin oot aawyes an drappin thir leaves an berries oor aathin. Flooers sud be free o weeds, an plantit in lines or circles unless furnishin colour in the toon's coat o airms in a smairt wee horticultural display.

Ootsiders, Mr Erchie Gray aye telt his bairns, judged the fowk o a toon bi the look o the place, an a body wis anely daein his ceevic duty bi keepin aa the roads an pathies trig an braw. This micht caa fur a press campaign, or chappin on doors tae draa up a petition, or makkin phone calls tae the polis, or pesterin the scaffies' heid yins doon at the cooncil offices. Some fowk micht caa this interferin, bit nae Mr Gray. He saw himsel as a vigilante against sin an stoor. Efter he wis deid, an the obituary clippit ooto the P. & J. an laid by in the faimly scrap buik, his bairns tuik up the guid fecht that he'd stairted, baith in their different wyes.

Bulldug got himsel electit tae office, an cairriet on the faimly crusade in the capacity o toon cooncillor. Emily tho, frae the day she flitted inno the hoosin scheme that her brither hid christened, waged a guerilla war agin the orra, the bluidy-mindit, the coorse, an the hallierackit o this warld frae ahin her lace curtains. Fitiver chorin or vandalism she spied frae thae windaes wis reportit straight tae the cooncil or the polis.

Nat McEwen, the lang-sufferin cooncillor fur Emily's ward, hid gotten tae the stage that he winced ilkie time the phone rang.

"It'll be her again, I ken it will," he'd hubber.

"Nat, dear, ye'll *hae* tae answer it," quo his wife. "Ye ken fine ye will, or her brither Bulldug'll be doon yer throat like an electrifeed rat."

Disjaskit, Mr McEwen wad lift the phone, an his lugs wad dirl wi a lang langamachie o wae. Fyles Emily phoned tae girn aboot blockit drains or dug keech; fyles it wis on mair important maitters, like an assault on the unsuspectin Aiberdeen public frae a low-growin tree.

"I hope yer takkin tent o aa the particulars, Mr McEwen," she'd skreich. "I hae measured the branch this verra efterneen, an its anely sax fit fower aff the grun. I realise maist Aiberdonians are smaaer than sax fit fower bit durin this year's Youth Festival we hae a veesitin pairty o Masai warriors and I hae read in the National Geographic that Masai warriors can reach a heicht o sax an a hauf fit! Will you sleep easy in yer bed the nicht, Mr McEwen, kennin that a Masai warrior micht inoo be steppin aff the bus at Wellington Wauk tae get his ee powked oot bi an Aiberdeen tree? Think on the international stooshie *that* wid cause, Mr McEwen."

Luggin intae these lamentations doon the phone, wis Solomon Pooch, Miss Gray's Angora pussy cat, a huddrie-luikin breet wi a muckle fite ruff that mindit ye on a Spanish grandee. Solomon Pooch watched his mistress through sea-green, slitty een. He wis weel kent the length an braidth o Wellington Wauk. At the first hint o a flech, aabody fa ained a kittlin wid be deaved wi leaflets stappit throwe their letter-boxes threatenin legal action if they didna atten tae their ceevic duty, rush doon tae ASDA an teem tinnies o insecticide ower their pets tae stem the tide o flechs ettlin tae smore the law-aabidin moggies o the toon, like the Reid Sea cowpin ower the Egyptians lang syne. Solomon Pooch scrattit his dowp, thoughtfu-like, mair o a Sphinx than a feline.

Richt at the tither eyn o the hoosin scheme frae Emily Gray bedd Danny Stubbs, a ten year auld loon, smairt as paint an fu o ceevic duty as Emily an Bulldug Gray clappit thegither. He wis skateboordin doon the brae, fin o a suddenty he spied it – a muckle fite powser – a bosker o a powser, the mither an faither o powsers – streekit oot on the cassies. Danny Stubbs wisna fond o fowk in the main, bit he did hae a saftness fur breets. He sliddered tae a stop, lowpit aff his skateboord an wannert ower tae news wi the fite powser.

"Bonnie pussie! Fine pussie," quo he. The loon Danny wisna the sherpest tool in the kist. His sister eesed tae say o him that the lichts war on bit the hoose wis teem. Syne it wis some wee time afore he jaloused the kittlin wis deid. Tae Danny, ae fite kittlin luikit much like ony ither. An the anely body he kent that ained a fite kittlin wis Miss Emily Gray. Mebbe she wid gie him a reward fur haunin it back. He pickit up the powser, stiff as a boord, its een glazed an glaissy, an nippit ben the road on his skateboord wi the deid cat in his bosie, tae ring the bell.

Emily Gray didna hear the bell fur she wis ower busy gibberin doon the phone tae Cooncillor McEwen. Solomon Pooch didna hear it either. He'd jist suppit an enormous tea o sardines an cream, an wis sleepin aff the feast atap the sofa. His mistress hid spent thirty poun on a braw fleecy hammock slung ower her radiator tae heat his wee bihoochie fin he clickit in throwe the cat flap efter a nicht on the tiles – bit the sofa wis mair tae his likin. Hauf o him kent he wis human hissel, an nae human he'd iver seen kippit doon on a hammock slung ower a radiator. Danny Stubbs wyted a twa-three meenits, grew scunnered, laid the deid powser on the doorstep an skyted aff on his boord, hame tae his ain hoose.

A fylie efter, Billy McAfferty frae nummer 23 cam wydin doon the street. Miss Gray wis aff the phone (an tryin tae read her papers tae see if onybody she kent wis deid, or jylit, or waur) fin she heard him kickin a beer can doon the road. *Dunt! Dunt! Dunt!* gaed the beer can. Syne, his fitsteps stoppit near her door. She jinkit back frae the curtains, feart he'd catch her spyin. Billy McAfferty michtna ken it, bit Emily Gray keepit the bobbies weel informed o aa his unneeboorly, coorse ploys. A violent chiel sober, he wis certifiable fin bleezin. She hunkit doon in a neuk, wytin fur the steps tae cairry on up the road.

Ootside, Billy McAfferty lowsed his flies tae relieve hissel. He cud easily hae wyted till he won hame, bit the thocht o drookin Emily Gray's peony roses in recycled Special Brew wis ower much fun tae pass ower. In the quate o the hoose, aa Emily Gray cud hear wis silence, a lang pause, an the steps styterin aff again doon the road, kickin the can afore them.

It wis turnin cauld noo. She'd need tae takk in her potted geranium frae the front step an pit it in the porch fur fear o a nippick o frost. She opened the door an near fell ower the stiff, streekit body o the deid, fite powser. Her twa thin hauns creepit up tae smore the skirl that wis risin in her thrapple. It wis a warnin, a sign, an omen. Billy McAfferty hid fand oot at last fa keepit the polis sae well acquant wi his ongauns. Tae show her fit he cud dee, he hid killed a peer hairmless kittlin an drappit it at her verra doorstep. He hid thrapplit a kittlin the day – it micht weel be hersel the morn! Her haun raxxed fur the phone, liftit it, syne drappit it.

Fur eence, Emily Gray negleckit tae dee fit wis plainly her *Ceevic Duty*.

MISSING THE BUS

Wear and tear. That was the reason Dolly Emslie applied to Fairberry's for a job. Plain old-fashioned, no-frills wear and tear. It all started one night in November, shortly after she had slipped under her duvet for her nightly fix of sleep, her appointed draught of Lethe. Like toothache it had been – persistent as a rat gnawing through a wooden board, remorseless as a dripping tap, nippy as the slow, excruciating formation of water into an icicle. Except that her teeth were as sound as Ailsa Craig and the ache had been located a little to the left of her right knee cap.

Menopausal friends, already in the grip of the disintegration process, delivered wise counsels. Alleviation, they declared, lay in homeopathy. Salvation could be found in Royal Jelly, that rare substance fed by the hive to the omnipotent Queen, their great, bloated, throbbing, fertile monarch. This magical panacea, they promised, cured everything, from arthritis, infertility, and anxiety, to indigestion and athlete's foot. The fact that Dolly Emslie had never seen an arthritic bee with indigestion or athlete's feet was proof positive, so they avowed, of the product's efficacy.

Middle age brought a running battle with the ravages of time. It was like painting the Forth Road Bridge; no sooner had you finished on one part than bits started flaking off somewhere else. Whole shoals of cod were slaughtered on the altar of lubrication, each bottle of fish oil squeezed dry so that the menopausal rheumaticky limbs of the western world might turn more easily in their rusty sockets. Well, Dolly Emslie had swallowed so much fish oil that she began to dream that she was sprouting fins. Another school of thought extolled the virtues of green-lipped mussel extract. She imagined the green lips of the mussel spluttering angrily as its extract was extracted: the product tasted putrid – but anything that tasted so vile *must* be doing her good, she reasoned.

Dolly ate garlic copiously to prod a sluggish circulation into life and to unclog her arteries. Then she added devil's claw, as recommended by African witchdoctors, to soothe her various other aches and pains. Despite its fearsome name, it came packaged innocuously in brown pellets like rabbits' droppings. She took iron, moreover, to stimulate her red corpuscles, and calcium to rebuild her crumbling skeletal scaffolding.

To soothe her jangled nerves, she bathed in a brew of herbs that would have asphyxiated a whole harem, and she ate oysters to revive her wilting interest in Mr Emslie's amorous attentions.

"Nature's telling you to slow down," her husband told her. "Get a nice wee job nearer home. Try Fairberry's. Get a check-out position. Nice discount; decent pay. Sedentary, too. Should be a pushover for someone like you, dear, with the gift of the gab. Fairberry's are having a recruiting drive this week. Make an appointment. Have an interview. Get a life." It was quite true. Fairberry's *was* convenient. They were good employers, too, apart from the uniform – a hideous mauve tunic, topped with a straw boater of the type beloved by male barber-shop quartets.

Mrs Emslie assumed the winning of a job at her local supermarket would be a mere formality, a *fait accompli*. After all, she was well-qualified and instantly available. She certainly wasn't about to burden Fairberry's with the fact that she was a fading flower. What went on in the cartilaginous privacy of her joints was sacrosanct, a matter between herself and her long-suffering doctor.

In the days of the slave trade, fraudulent traders had yanked tell-tale white hairs from their prisoners' heads prior to an inspection. Pre-sale, they had bleached their teeth and had devised a thousand and one swindles for perking up jaded or decaying merchandise. Today's job-market, in a century where ageism was rife, was not so far removed from the slave auction. However, nowadays there were kinder means on the shelves for concealing the ravages wrought by the menopause. Dolly had used them all. She wore contraptions to hoist sagging protuberances up, and others to squeeze excess parts in. Her wrinkles were moisturised, her hair was dyed and her cheeks were rouged. Her legs, with their vine-like trellis of veins, clumped like blue grapes at the ankles, were concealed by thick support tights. In subdued lighting and with a short-sighted interviewer, she might pass at a pinch for forty. It was not, after all, a high-profile job. It wasn't as if she'd applied to become managing director of ICI or Boots. Besides, there were several vacancies, not just one. They were doling the jobs out like sweeties, for God's sake, like bibles at a missionaries' picnic.

Entering the store on the allotted interview day, Dolly was

greeted by a pert Human Resources Officer bearing a clip board, efficient as a butcher's electric slicer under her straw boater. She was the first executive staff member of Fairberry's Dolly had encountered. In her purple uniform, the HRO looked like a Cadbury's chocolate biscuit, all sweetness. The static of her tights crackled under her pinafore like tin foil being crumpled. Dolly found herself one of a sizeable group of would-be assistants.

"Good day, everybody," the HRO intoned meltingly, beaming an oleaginous grin at the assembled job seekers. "If you'd all like to take a seat, you'll find a tray, a pen, and a questionnaire ready for each candidate. You will watch a Fairberry's promotional video," she continued, warming to her theme like toffee bubbling in a pan, "after which you will complete the questionnaire. Thereafter there'll be a short interview with one of our under-managers. The Company will inform the successful applicants within the week. Fairberry's hope you will enjoy watching our video. The questionnaire you will complete has been designed to the highest current standards in psychometric testing. We expect our staff to be as good in quality as our groceries."

Dolly glanced to the left. A sixteen year old school-leaver was seated beside her. The girl had six rings through one ear, four through the other, one pierced nostril, a similarly treated eyebrow and a final ring impaled in her lip. These were the only visible parts of her anatomy. She had a small blue butterfly tattooed on her neck and her hair was all the colours of the rainbow. Dolly was astonished. She had seen tattoos on foreign seamen, navvies, convicts, and even rugby players, but never on a woman before, outside of a library book on tribes in the Congo.

To her right sat a muscular T-shirted woman in pink leggings that trussed her thighs so tightly they looked like two haunches of boiled ham. Her face wore a puzzled frown – evidently this was the first time she had been confronted by a questionnaire other than for DSS purposes or police checks.

"Bloody crap," she growled. Her voice was not unlike cold tea being strained through gravel. "Mean tae sae, I'm nae school kid. Ye dinna need a degree tae work a check-oot. I'm aff. You bams can bide here an play schoolies if ye wint." So saying, she strutted off. From the rear, her disapproving buttocks truly reminded Dolly Emslie of a porker's posterior.

There were still two rows of assorted hopefuls left, to be sifted through the Fairberry's grading sieve. "Now that we are all seated," the Fairberry's HRO announced, "I'll start the video. Watch very closely. There'll be questions about it afterwards, when I stop the film."

A fanfare of canned music heralded the opening credits: *My Fairberry's Experience – Look and Learn.* The documentary (if that was what it was) lasted twenty minutes. It would hardly have won an Oscar, but at least the camera had been in focus and the filmed tour of Fairberry's flagship store was thorough. At the end, the Cadbury's wrapper look-alike officer took out a stop watch. "Begin now," she told them, the words brusque as snapping off a portion of chocolate.

Dolly Emslie studied the questions closely. Loquacious by nature, she would never use one word where she could employ twenty. Her answers emerged like an egg released from its shell, spreading in all directions.

How would you improve the fruit section? demanded the opening question.

"I'd accentuate the lusciousness of the cucumber, the crispness of the lettuce, the vegetative ambience of the cabbage, by illuminating them all with a green glow. I'd arrange the fruit and veg. section according to colour, like an artist's palette. I'd bring design into the world of the humble carrot," scrawled Mrs Emslie, impassioned by her muse.

She squinted at the teenager's answer: "I'd take out the rottin apples," the girl had written, "and I'd fill up the empty shelves."

What was wrong at the meat counter? came next.

"Lack of visual imagery," wrote Dolly, the words spewing from her pen like bullets from a machine gun. "More symbolism needed in the labelling of products. International customers shop at Fairberry's and not all are fluent English speakers. Each item could benefit by having its price translated into Euros to make our European clients feel at home. And there is no Kosher meat for Jewish customers."

She cast a glance over the blue butterfly on her neighbour's neck. In painstaking printed letters, the girl had written, "Customer asked for 4 slices spam but butcher gave her 3."

Dolly Emslie snorted. Simplistic drivel. As obvious as a cherry on a trifle. New concepts in marketing strategy, that was what Fairberry's needed if they were to forge ahead in the current cut-throat climate of the new millennium.

How would you improve the flow of customers through the store? was the next probing query.

"Create play areas with Fairberry's nannies to contain the baby and toddler brigade, thereby stopping them from eating the groceries, poking them, pawing them, and smearing grease or other noxious substances over the shopping trolleys, thus disseminating germs and mayhem throughout the store," Mrs Emslie's pen scribbled with the speed of a forest fire raging through the paper.

She craned her neck to see the teenager's response: "Move the trolly out of isle 6 in case somewun trips." Intellectually and imaginatively quite impoverished, thought Dolly patronisingly. Then:

What did you notice in the deep freeze section?

Dolly's flying pen explained that the basic design was flawed, making it easy for customers to rest heavy metal baskets on the edge of the freezers and thereby scratching the metal surfaces. The Sherlock Holmes in Mrs Emslie smirked complacently. Fairberry's would be straining every sinew to sign up someone with her business acumen and marketing perspicacity. Today, check-out operative; tomorrow, head of publicity, design and advertising. She peeped at the youngster's questionnaire.

"Soap and detergint stored aside the frozen minse will make it taste bad." Dolly shrugged. The odd carton of Daz beside the bacon was small beer in comparison to the complete restructuring and refurbishing of the store. It was the difference between a dairymaid milking one cow and a farmer owning a whole new herd.

"Time's up!" cried the Fairberry's HRO.

"I've never tried for a job afore," the schoolgirl confessed to Dollie. "And I'm affa scared. I'm sure I'll screw up the interview."

"Not at all, dear," cooed Dolly patronisingly, secretly agreeing with the girl that her prospects were dire. "I'm sure you'll do very well."

Mrs Emslie was first to be summoned to the presence of the under-manager. He had a huge, floury face with round, rosy cheeks like two slices of salami. His eyes, watery behind new contact lenses, glittered like fish scales. The purple of his off-the-peg Fairberry's uniform gripped where it shouldn't and hung in folds where it ought to have been tight-fitting. A haggis forced into an hour glass wouldn't have looked more uncomfortable. His straw hat resembled a pancake precariously perched on an outcrop of stringy white hair, somewhat reminiscent of boiled spaghetti. He ushered Dolly into a seat and fired off a salvo of questions in rapid succession, like popcorn exploding in a pan. Then he scanned her completed questionnaire. His eyes shot up, then lowered again.

"You've replied in great depth to all our questions," he observed. "A person with such a grasp of market forces would be bored with a check-out position."

"No I wouldn't," countered Dolly, prickling. "I need the money as much as anyone else. And I work hard. I've got excellent references."

"I don't doubt it," he said soothingly, like a baker patting icing. "But the hours can be long. There can be awkward shifts. Even the young find it trying."

Ageism again. Well she'd soon net *that* red herring!

"I always think mature workers are a great asset to any firm," Dolly replied haughtily. "They bring experience, reliability, and punctuality to the workplace."

They also brought potential hysterectomies, varicose vein operations, piles and delusions of grandeur to the workplace, thought the under manager but wisely refrained from saying so. "We'll let you know within the week," he murmured, smart as a Swiss eclair.

The other job seekers waited in a ragged line outside his office, like a row of groceries sliding inexorably along a check-out conveyor belt. Mrs Emslie eyed them pityingly on her way out, coolly confident that the job was hers.

Two days later, she noticed that her supply of cheese was running low, so glided through the shining automatic doors at Fairberry's to pick up a few small items – she wouldn't do a proper shop, not till the job was officially hers, along with the famous Fairberry's discount which all staff enjoyed. Her groceries were lined up at the check-out point before she as much as glanced at the assistant. There was no mistaking the multiple piercings, and the blue butterfly. The young girl had pipped her at the post.

"Hello there," the youngster cried cheerily. "I got the job after all. It's wonderful, isn't it?" Then, with natural sensitivity, she cloaked her jubilation. "Oh, I'm so sorry they didn't hire you too," she said, genuinely sympathetic. "But something else will come along."

"Oh yes, my dear, I've plenty other fish to fry," Mrs Emslie lied. That pyramid of baked bean tins towering behind her rival – Mrs Emslie profoundly wished it might topple over and entomb her, pierced eyebrows and all, in a slurry of tomato sauce. Storming out, coat flapping, grey hair straggling in the wind, she stamped towards the road and halted near a busy bus stop. An old man walking his dog misconstrued her pause by the kerb, assuming she was waiting for a bus.

"You'll hae a long wait, luv," he commiserated as his dog peed lavishly on a clump of Fairberry's roses. He then stated a fact of which Dolly Emslie was all too woefully aware.

"You see, you've just missed the bus!"